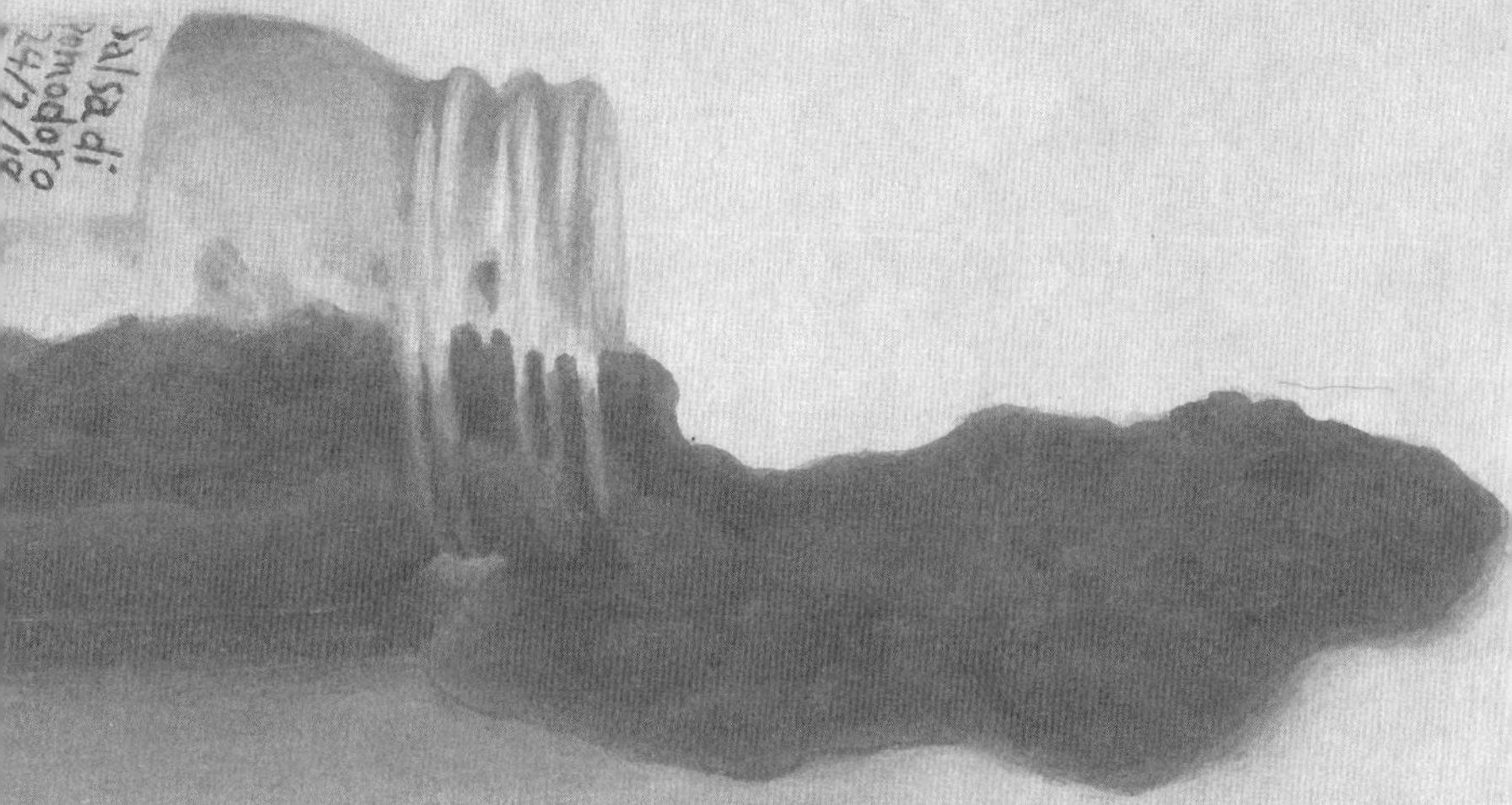

サンクチュアリ

sanctuary

岩城けい

Kei IWAKI

筑摩書房

サンクチュアリ

1948年

「母さんはどうして来ないの？」

「あの国には、おまえみたいな子どもだけ行けるんだよ。ほらご覧、みんな、おまえくらいの歳じゃないの。すぐに新しい友だちもできるし、おいしいものもたくさん食べられるだろうし、きっと、とてもいいところだろうよ」

母さんは、小さなトランクを開けた。着替えの服と聖書。服は神さまに忠実な正しい人がくれて、聖書は教会がくれた。リンゴもひとつ入れてくれた。ぼくが、むこうに着いたら、ここにいる子たちとピクニックして、カンガルーと遊んで、それからまた帰って来るんだよねときいたら、トランクを閉めて、もうおゆき、とぼくを見ないで言った。母さんはいいところだって言うけれど、むかし悪いことをした人たちを連れて行ったところだって言う人もいる。

汽笛。

「なんだ、おまえ、泣いてんのか？」

ぼくのとなりにいた大きい男の子がぼくにそうきいた。デッキから母さんをいっしょうけんめいさがすけれど、みつからない。

「泣いてない！　あ、いた！」

「ふうん、あれ、おまえの母さん？」

「……そうだよ」

汽笛。

おまえはみなしごじゃないんだな、と大きい男の子がうらやましそうな、くやしそうな、それにわからなそうな顔をして言う。

「おまえ、父さんは？」

「……戦争で死んじゃった」

「じゃ、おれんちと同じだ。親父はどこも、みんな戦争で死ぬ。ああ、おれも兵隊になりたかったな……！　父さんの仇を取れたのに！　うちは母さんも空襲で死んだ。……おれ、ティム。こっちは、妹のアビー。おまえは？」

「ジョセフ。……ジョーでいいよ」

小さいアビーが、ティムのとなりで行きたくないと大泣きしている。ぼくも、この子みたいに泣きたいだけ泣けたらいいのにと思う。でも、ピクニックに行くだけなんだし、ぼくはこの子より大きい。

「アビー、黙れ！　こっちでずっと孤児院にいるよりも、あっちのほうが、ずっといい暮らしができるって言われたじゃないか！」

「え？　ピクニックに行くんじゃないの？」

汽笛。

はじめは足が、肩が、それから口とほっぺたが、顔ぜんぶが、最後に体ぜんたいがわなわなとふるえ出す。胸のなかは、冷たい海の水でいまにもあふれ出しそう。粉雪が目のなかに入ってきた。

汽笛。

「かあ、さん……！」

ピクニックに行くってウソだったの？　神さま、どうして⁉

汽笛。

「ジョー！　どこ行くんだよ！　船は出ちまったぞ！　こらっ、アビーも！」

ぼくのあとからアビーがついてきた。ふたりでデッキのロープを飛び越えようとして、大人につかまる。床にひっくり返る。ぼくはデッキで上着の襟首をつかまれて大泣きしているアビーのところまで戻ると、片手を出した。アビーは上着を脱ぎ捨てた。大人の腕をすり抜け、寒さにひどくふるえながらぼくの手をぎゅっと握った。

ぼくは、ぼくたちは、ぼくみたいな、ぼくたちみたいな、子どもであふれている船のなかを駆け出す。イギリスに向かって、オーストラリアへと。

みなしご、みなしごたち、として。

1959年

一目惚れだった。正確には、写真に一目惚れ。花婿の代役は兄が務めてくれた。

それから半年後、紺碧の海が視界から遠ざかっていった。

汽笛が鳴った。港が見えてきた。コートのポケットに手をつっこんで、ロザリオをぐっと握りしめる。暗い海と同じ色をした数珠を指先でひとつずつ繰る。同じ村の出身。兄さんの友だちの兄さん。五年前に国を出た。イタリア街のデリカテッセンに勤めている。お金を貯めて、いつか自分の店を持つ予定。数珠の連なりのなかに、聖母様のメダルがひとつ。船が出るとき、安全な旅を願って母さんがくれた。今日ほど貧乏を恨んだことはないよと目にいっぱい涙をためながら。

汽笛が鳴った。波止場に着いた。船で知り合った人たちは、家族や友人を見つけると、口早に別れの挨拶を交わしあう。花嫁たちは油の輪の浮いた海面をのぞきこんだ。その輪が切れると、こわごわ、迎え客たちに視線を移す。私はどちらにも目をやらない。目前を海鳥が羽ばたいていった。

汽笛が鳴った。それは冷たい海風と混じると、人の名前となってたなびいた。声の主は私の写真を片手に、もう片方の手には小さな花束を握りしめ、力の限り叫ぶ。他の何万ものマリア、そして聖母様さえも遠くの水平線に霞んで、私だけをしっかり引き寄せる。花びらがぱらぱらこぼれて足下に散っては、行き交う人に踏みつけられていく。私はタラップを走り降り、彼の足下にしゃがみこんで、やさしくやわらかいかけらを、両手いっぱいに拾い集めた。恨みごとも罪深いことも、ここにくれば、たちまち真心にかわる。冷たいものも、やさしくやわらかいものも、すべて、神様の思し召し、すべて、神様のご機嫌しだい。

この魔法さえあれば、この世に耐えられないことなんか、ない。

2000年

小高い丘に立つ登記所から、アスファルトの道路に続く階段を一組の男女が降りてきた。

男の小脇には、さきほど署名したばかりの婚姻証明書。女は薬指の真新しい白金の輪を太陽にかざす。階段を駆け上がってきた新婦の兄がふと立ち止まり、花のない花嫁なんて、と絶句する。地上の大通りでは、それぞれ反対方向から来たトラムがすれちがいざま、鐘を鳴らして通り過ぎる。

新郎はそれを礼儀正しい挨拶の鐘、新婦は教会の祝福の鐘のように聴いた。

2018年

スティーブとルチア・ディクソンの家は楡の木が立ち並ぶ通りにある。三年前に北の郊外より越して来た。サウス・ヤラやツーラックとまではいかないが、住宅街としては中流と高級がブレンドされた瀟洒なスポット。もとは、労働者階級のスリー・ベッドルームハウスが建ち並ぶこぢんまりとした集落のような地域は、ここ数年の土地の急騰により、週末の全国紙やローカル紙のタブロイドでも『緑豊かな住宅街、CBD《ビジネス街》への交通の便よし、大型ショッピングセンターと病院は徒歩圏内、優良公立校の学区としても人気、生活環境はばつぐん』などと紹介されている。まさにその通りの環境が欲しくて、夫婦はしらみつぶしにこの木々に囲まれた都会の穴場の売り家という売り家を見て歩いた。住宅ローンの利率の変動など、いまのこの夫婦にとっては得したりふりまわされたりする類のものではない。

ようやく彼らが気に入った家は築三十年のカリフォルニアン・バンガロー・スタイルで、ベッドルームが三つ、バスルームがひとつ、ダブル・ガレージがつい て百二十万ドル。二十年前ならまずあり得ない非現実的な値だったが、夫婦は言い値でそれを手に入れ、増築改装を繰り返した。夫婦が口論した唯一の例外は、フェンスの一件。夫は丈夫な金網で家をぐるりと囲いたがり、妻は周囲の景観に溶け込むような緑の生け垣を希望した。金網ならば工事は一日、イングリッシュ・ボックスの苗木の一列が立派な生け垣に育つには十年。「生け垣なんて、誰でも簡単に入ってこられる」「金網なんて、まるで牢屋だわ」「防犯にならない」「家の雰囲気に合わないでしょ」。それぞれの主張がそれぞれに正当だからこそ起きる諍いというものは、一日で終わるにしろ、十年かかるにしろ、勝ち負けもなければ際限もないものであるらしい。

今朝は出掛けのスティーブと息子たちに逐一、今夜は早く帰ってくるように——日本からホームステイの女子学生がやってくるので——、とあんなに念を押しておいたのに、八時を過ぎた今も誰ひとり帰宅していない。ルチアはキッチンカウンターにじゃがいもとパイ生地を並べると、料理ナイフを片手に握ったまま、レンジの側のスマホにちらりと目をやった。メッセージ着信のランプ。エプロンのすそで手の湿り気を拭い、スマホをレンジの側から取り上げるとメッセージにすばやく視線をはしらせた。

遅くなる　メシ《tea》いらない

ルチアは大きなため息をつき、マッシャーがつきたったままのマッシュド・ポテトのガラスボールを両手で囲うようにして持ち上げ、ラミネックスのベンチに大きな音を立てて置いた。長男のメイソンは数ヶ月後に大学入学資格の検定試験が控えているというのに、この期に及んでまだアルバイトに精を出している。どのみち、もう母親の言葉を聞くような年齢ではない。

「それにしても、どういうつもりなのかしら」

思わず声に出してつぶやいてみても、残された沈黙は彼女を嘲笑う。

それにしても、だ。ケンカしているうちがまだ花、とルチアは今度は声に出さずにつぶやく。良くも悪くも、愛情以上に夫婦を結びつけるのは、ふたりが追い込まれた、目の前にある境遇にほかならない。他の夫婦の話をきいていても、夫婦ゲンカの原因はたいていお金か子ども、と彼女はひとりうなずく。数年前にスティーブの事業が安定しはじめてからは、「金銭」は解決してきたし、「子ども」の方は保育から教育にシフトした時点で、心配や懸念のカテゴリーから不安と情念のカテゴリーへとシフトした。息子たちが十代になってからは、夫婦が協力して解決できるような類のものは数少ない。そしてこの二つは夫婦ゲンカの原因にはなっても、夫婦不仲の原因になるとは限らない。

それにしても、とルチアはまたもや思い直す。いつからこうなったのかしら?スティーブだったら、日付から場所、壁紙の色や柄からその日の服装まで、不動の事実に関しては事細かに覚えているに違いない。私はそういうことを覚えるのは苦手、その日、空にどんな形の雲が浮かんでいたかと訊かれたら、なんとなく答えられそうなんだけれど。

ルチアの両手はまな板の上で自動的に動いている。そこに意志はない。専業主婦になって以来、一日として心が安まらない。家計を支えるため、ナースとして勤めに出ていた数年前までは、意志と行動は常に重なり合っていた。地球上のありとあらゆる仕事とは、そういうものだと思っていた。だがいまは、肝に銘じておかなければならない。鳥かごの中のカナリアのように、感謝されずとも、評価されずとも、飼われている鳥は日々最高の声色でさえずりつづけなければならない。そのような、飼われている鳥に意志を持てだなんて、残酷すぎる。意志など持つと、大けがをする。ルチアはナイフをしずかに置いた。

そう、それにしても、だ。今夜はホームステイの留学生がやってくると言ったはずなのに。十年ほど前からディクソン家では留学生を何人も受け入れてきた。ホストファミリーにありがちな「謝礼目当て」であるとか、「ベビーシッターがわり」に、学生を預かっているわけではない。そもそも幼い頃から、数ブロック先に住むおじやおば、いとこやはとこたち、近所の人や店の常連客、果ては見ず知らずの人物に至るまで、家族・血縁以外のだれかが常に夕食に混じっている家庭で育ったルチアは、ゲストを迎え入れることになんら抵抗がない。ルチアの祖母《ノンナ》は、いったん家の中に入れてしまえば、だれかれとなく、名を訊ねることもせず、自分たちと一緒に食卓につかせた。お客のない家は死んだと同然、と言って。

一方、スティーブにとってゲストといえば、キッチンテーブルでのハイティー《タ食》という家庭の中核への侵入者のことではない。彼にとってそれは、普段は使われることのないダイニングテーブルで催されるランチもしくはディナーの正餐に招いたゲストであり、なにかの恩義やもくろみがあって招待せざるをえない類の客である。もしくは、楽しいひとときが保証され、無礼講もお愛想に変わるお気に入りの仲間。いずれにせよ、スティーブにとってゲストとは、主人《ホスト》である彼の親切心と興味を受け取るに値した面々に限られた。だから、彼にとって留学生とは、有益または無害なときは歓迎すべきゲスト、無益または有害なときは迷惑な客となる。息子たちの方といえば、幼かった頃は、自分たちの子ども部屋をその外国からの学生に譲らなければならないのが唯一の不服だった。しかし、運が良ければ遊び相手にもなってくれる数週間のビジターを大いに喜んで、到着の日には急いで帰って来て出迎えたものだった。

とはいえ、ここ数年は、ルチアの目から見ると夫はもとより、成長した息子たちもまるで学生には関心がなくなって、家具の一部みたいな調子で彼なり彼女なりを眺めているだけである。おのずとホストマザーであるルチアひとりが学生の世話を見ることが多くなり、ルチアが家にいないときなどは、まるで下宿人をおいているような状態だった。この国の一般家庭の生活を体験しにきている学生たちなのにと申し訳なく思うことも多く、滞在を終えて見送るたびにルチアは消耗しきる。このところは慣れない社交辞令だらけの社交にも忙しくしているので、自分の家にいながらプライバシーがないことを恨めしく思うこともしばしばだった。そんなわけで一度は断りをいれたのだが、長年つきあいのあるトラベル・エージェントの友人から、「語学研修」プログラムのホストファミリーの数が足りないと頼み込まれたのだった。

ベテランのホストマザーのルチアではあるが、今回ばかりは二十歳の女子学生と聞かされて、思わず眉根を寄せた。息子たちは今では十三と十八、顎にうっすらひげの生え始めたローティーンと、饐えた匂いのする部屋でエレキギターをかき鳴らす不機嫌なハイティーンである。若い女の子の下着やタンパックスが彼らの視界に入るなんて、想像しただけで悩ましい。とはいえ、いまの家にはバス・トイレ付きのゲストルームがふたつもあるし、それらは家族の居住空間からは渡り廊下でつながっていて、完全に独立している。学生はそこにおけばよい。息子たちにはきちんとした自室があるわけだし、そこにも彼ら専用のバス・トイレがある。

それにしても。ホームステイなのだから、ホームでなくっちゃいけない。ハウス、ではないのだ。Home, Sweet Home. というではないか。わが家はディクソン家というホームのはず。夫婦と子どもがふたり、以前ならペットに老犬のモリーがいた。世間の人いわく、この国の裏庭にはラブラドール犬が欠かせない。ルチアはナイフを取ると、じゃがいもの皮を剥きはじめた。スティーブの好きなシェパーズ・パイ。

そう、それにしても、だ。一体、アンガスは、いつになったら連絡をしてくるのかしら。フットボールの練習はとっくに終わっているはずなのに——。

スマホの着信音。テキスト・メッセージのバナー。

メシ食った@KFC

ルチアはビニール製のエプロンを腰から剥ぎ取って、カウンターに叩きつけるようにして置いた。電子レンジのそばに放り出してあった車のキーをつかみ取り、ガレージに向かいかけたとたん、ポケットのスマホが再び鳴った。今度は通話用の呼び出し音。ホームステイのコーディネーター、「ジョン・レノンのワイフと同じ名前です」が自己紹介と挨拶がわりの日本人女性である。彼女からの問いかけには丁寧語《マジック・ワード》が甚だしく欠落し、失礼の手前といってもいいくらいだが、留学生を含め、こういった粗雑な受け答えに慣れきっているホストファミリーの仲間たちのあいだでは、「標準語」になりつつある。

「いまから、そちらに学生、届ける」

「ちょっと待って頂戴、いまは困るのよ。私これから息子を迎えにいかなきゃならないから」

家人の出迎えがないホームステイなどあまりにも気の毒になって、ルチアは声を荒らげた。

「じゃ、あとで」

ルチアの声を遮るように、無情にも電話は切れてしまう。小さくうめき声をあげながら、もう少しなんとか言いようがあるでしょうに、とぶつぶつこぼし、ルチアは寝室で室内履きを脱いだ。レディスのナイキのスニーカーに片足をつっこみかけて、ふと引っ込めた。クローゼットの奥から赤いエナメルのハイヒールを出してきて、履き替える。ショーウィンドウで見て衝動買いしたものの、ほかならぬスティーブに「娼婦の靴だ」と皮肉られたせいか実際に履くことが憚られ、長らくクローゼットにしまわれたままだった。猛然と車に乗り込み、キーを回してエンジンをスタートさせると、あやまってワイパーが作動した。乾いたフロント・ガラスの表面で耳障りな音が立つ。ルチアは急いでワイパーを止め、来週あたりディーラーに電話してワイパーを交換してもらおうと、このときだけは平穏な気分に戻り、バックにもかかわらず勢いよく車を発進させた。

帰宅して金網のフェンスの前で棒立ちになっている人影を見たとき、ルチアは申し訳ない気持ちでいっぱいになった。

スーツケースはメタリックのハードケース。リュックサックにハローキティのキーリングがついている。女子学生は車から降り立ったルチアとアンガスを見つめた。ルチアは運転席から降り、足早に彼女に近づくと、開口いちばん、あやまりの言葉を口にした。紹介状には二十歳とあったが、ホストファミリー仲間の言い習わしどおり、今回も日本人の見た目は実年齢から八歳マイナスするのが妥当のようである。ルチアとアンガスが自己紹介すると、怖じ気づいた様子もなく、しっかりとした口調で返してきた。

「わたしのなまえはカレンです」

今どき？　とルチアは一瞬訝った。ルチアの姪っ子たちも目の前の彼女と似たような年齢だが、きっと姪っ子たちのクラスメイトにも、こんな時代遅れの名前は見当たらないだろう。しかし経験上、日本人の名前はこちらの想像がつかないくらいバリエーションに富んでいることも学んでいたし、最近では西洋風も多い。次の瞬間には、呼びもできず覚えることもできない変な名よりも、呼びやすい名でかえって良かったと思い直して、カレンの肩をそっと抱くと、ホールの灯りがもれた玄関ポーチに招き入れた。

「さあ、家の中に入って。お部屋に案内するわ」

アンガスにスーツケースを運ばせて、ルチアは年寄りじみた名前の幼児のような学生をゲストルームに案内した。自分専用のバスルームがあることにカレンはおおいに喜んだ。アンガスはドアの入り口にスーツケースを置くと、じゃ、また朝にね、なんて手を振りながら退散していく。七年生のいまになってもtheirとthereのスペルを混同するような子で先行きが心配だが、すれっからしの兄のメイソンにはない可愛げや愛嬌がアンガスにはある。

時刻は八時半を回っていた。ルチアはカレンに空腹かと訊ねた。彼女は首を横に振って、「オッケー」と答えた。このイエスにもノーにもなる答えにルチアは首を傾げたが、経験上、この種の受け答えは日本人学生には頻発することも周知である。答えを執拗に追求したり、言葉の間違いをくりかえし訂正したりすると、学生を黙らせてしまったり、困惑させてしまったり、タイミングが悪ければ逆ギレさせてしまうことも経験済みだ。ただいま現在の確かな答えはひとつ、薄暗がりのなかでもそれとわかる、長旅で疲れた顔。いまは最悪のタイミング、わからないことはわからないままにしておいても、この場合は害はない。そう判断すると、じゃあ、今日はもう遅いし、おやすみなさい、と声をかけて、ゲストルームのドアを閉めた。

ルチアはキッチンに戻ると、オーブンにシェパーズ・パイを突っ込んだ。冷蔵庫を開けると、その日の午後、兄のパスクアーレが届けてくれたホームメイドのトマトソースの瓶詰めに手を伸ばす。今年のものは、いつもの年より、心なしか色が濃い。実家にいたころは、大量のトマトがキッチンに持ち込まれることで、夏の終わりを知った。そこに家族（スティーブによれば、家族は両親、祖父母、兄弟、血族はおじおば、いとこ、孫、くらいまでで、三ブロック先にすむ大叔父と、いとこの子であるはとこは血のつながった他人である）がつぎつぎと現れ、ノンナの指示のもと、一年分のトマトソースを作る。この恒例の行事にルチアがスティーブを伴って現れたのは、彼とつきあっていたころ、すなわち二人が結婚する前の年だけである。それ以降は、幼かった息子たちの手を引いたルチアだけが参加するようになった。それも彼らの成長とともに、しだいに足が遠のいた。

ルチアは瓶の蓋に片手をかけた。

ルチアがスティーブを家族に紹介するため、彼を初めて自宅に連れて帰ったのは、彼女が十七歳のとき。規則の厳しい女子校に通っていた彼女が、男の子と知り合う機会などないと高を括っていた一族は、そのときも誕生日パーティーやバレエの発表会同様、家族の一大事と寄り集まり、末子にできた初めてのボーイフレンドの登場をいまかいまかと待ち構えていた。やがてスティーブが現れると、一目でそれと出自がわかる容貌の青年を珍獣のように取り囲んだ。そのなかには、困惑を隠しきれないルチアの祖父《ノンノ》がいた。

　ごく若い頃に異郷に来て以来、故国の家族に送金するため、そして、自分の店を持つという差し迫った目標のため、働きづめだった祖父は、イタリア街からほとんど出たことがなく、同胞以外の友人はなかった。妻も「写真見合い」で同郷から娶った。彼の息子たちにしろ、地元の恐妻国の「気の強い」娘たちには目もくれず、「気立てのいい」イタリア娘を妻にした。やがて孫たちが次々に生まれると、当時珍しかった業務用のエスプレッソ・マシーンをデリの店頭に設置にきた配管工が、大きな銀色の機械を一瞥し、Ｗｏｇ《イタ公》、と笑ったという昔話を話してきかせた。

　一方、ルチアの祖母はいつも通り、客人とみると、両頬にキスをして、すぐさま食卓につかせた。客人につづいて家人も食卓についたあとは、あれを出せ、これを持ってこいと、女たちに両手で指図する男たちの胃袋を満たすため、くるくると動き回った。豊かに並べられたありとあらゆる食べ物飲み物、食器類、カトラリーの彫り物ひとつにしても、そこには彼らの故郷《ホーム》があった。薄暗がりのなか、ろうそくで照らし出された顔という顔は同じ陰影で縁取られ、声という声はヨーロッパの南から彼らが持ち込んだ同一の言語で共鳴しあい、安息を確保していた。笑い声が上がるたびに、スティーブは身をすくめ、湯気の上がる料理の一品一品を珍しそうに眺めた。英国人の父ひとりに育てられた彼にとって、湯気の上がる食事といえば朝食のポリッジか、夕食代わりのスープだけである。食卓の下でルチアの片手を握りしめていた彼が平べったいパンに手を伸ばすと、バターの代わりにオリーブオイルの瓶が回ってきた。風変わりな注ぎ口に客人は気がつかず、思わず手が滑って、パスタの大皿に瓶が落ちた。トマトソースが派手に飛び散り、男たちが女たちを怒鳴りつける。彼女たちの肩や腰に両手を巻き付けながら。スティーブは洗面所で手を洗った。洗っても洗っても、オリーブオイルのぬめりが掌に残っているような気がした。にぎやかなのはいいが、こんなところにいたら、イタリア人にされてしまう。洗面台の鏡を覗き込むと、化粧タイルに備え付けられた棚の上から、赤子を抱いた女の像が客人を見下ろしていた。

デザートのあと、ルチアの祖母は何年も使わずじまいのティーポットを戸棚の一番上から降ろし、「ずいぶん前、隣の家にあんたみたいな人がいたことがあって」とスティーブにつぶやきながら、一見するだけで口のなかが苦くなってくるほどの濃い紅茶を淹れた。スティーブは丁寧に礼を言って、それを一気に飲み干すと暇を告げ、ルチアの腕を掴むなり夜道に飛びだした。イタリア街のはずれにさしかかったとき、スティーブが立ち止まった。そして、途方に暮れたような顔で自分と結婚して欲しいと彼は彼女に告げた。月明かりの下、二つ返事でYｅｓと答えながら、ルチアはたった今歩いてきたばかりの自分の背後の風景を思った。

そして、婚約ののち式の段取りを始めようという時点になって、スティーブが教会式ではなく、登記所で証人立ち会いの誓約と届け出だけで済ませたいと申し出た。彼の父もそうすることには賛成だとも。というのも、自分の父親という人は、とっくのむかしに信仰を捨てている上に、無駄という無駄、特に金銭上の無駄を好まない。その息子の自分も信仰を持たないので、教会でにわかに信者面するなどおもはゆい。披露宴にしても、たった一日のためにそのような莫大な金を使うのはナンセンスだと。これには、ルチアの祖父母も両親も、大きな衝撃を受けた。一組の男女が正式な夫と妻と認められるのは、神の御前のみ。俗世間も避けて通れないことを考えれば、教会での挙式と披露宴は抱き合わせと決まっている。家族の中で一番年若く、一族から「かわいいバンビーナ」と呼ばれて育ったルチアが嫁ぐとなれば、その特別な一日は、家族のみならず、彼女が育ったコミュニティーの大イベントとなって然り。これは無駄でも、ナンセンスでもない。挙式のみならず披露宴に招かれない「家族」は、屋根裏のポッサムだけだ。さあ、われらが結婚式、われらが新郎新婦と大義名分の立つその日ばかりは、みな堂々と胸を張るのだ！　ゆめ忘れるな、ノンノの時代を。あのころ、「よそ者」は、口も利いてもらえなかったことを。国を出て以来、親の死に目にも会えずじまいのノンナの苦労を、ゆめゆめ忘れてはいけない……。

「いったい、どうしちゃったのかしら、ほんとに」

あのころ、ふたりで一緒にいれば、乗り越えられないことなどなにもないと信じていた。スティーブの提案通り、結婚なんてたかが紙一枚のことだと、披露宴よりも新生活のほうが大事だと、あのころは信じて疑わなかった。ルチアはそう自嘲すると、トマトソースが入った瓶の蓋をあけて、人差し指で朱色の表面に軽く触れ、そのまま口元へ持っていく。

今年も、夏の終わりを知らずじまいになった、去年も、一昨年も……。ふと、新婚のころ、まだ毎日のように実家通いをしていたルチアが、これと同じ動作をして、「きみの血はこのトマトソースでできている」とスティーブにからかわれたことを彼女は思い出した。そして口に含んだルチアの指先をそっとひきはがして、「こんなものに、嫉妬しそうだ」とスティーブは絞り出すようにつぶやき、自分の口に入れた。絵の一枚、花の一輪飾られたことのない家で、家庭的な雰囲気を一切知らずに育った、それ故めったに愛情を表すことのない人の、そのようなうちひしがれた様子に、そのときのルチアは胸を衝かれた。そして、それをひた隠しにしようとすればするほど、頬をますます赤く染めていく彼が、愛おしくてたまらなくなったのだった。だけど、ソースの色よりもスティーブの顔色を、ずっと、もっと、いつも、気にし始めたのは、いつのころから？　あの人の血は何でできているのかしら、たぶん、ウィスキー？

玄関のドアが開く音がしてスティーブが現れた。ルチアは顔をあげず、うつむいた自身の横顔に夫の気配をかき集めた。

「なんか、焦げ臭いぞ」

シェパーズ・パイをオーブンに入れっぱなしにしていたことをはたと思い出し、ルチアはオーブンに駆け寄ると、ガラスの扉の中をのぞき込んだ。黄色い電球に照らし出されたシェパーズ・パイは周りを黒いフェルトペンで塗りつぶしたように焦げつき、かろうじてパイの中心が黄金色を残していた。ごめんなさい、焦がしちゃったわ、とルチアは心底残念がって謝る。手の掛かる料理だから、気分的にも時間的にも余裕のあるときでないとだめだということはわかっていた。けれども、せめて、こちらの家庭料理でホームステイにきた学生を迎えてやろうと思ったのだ。

スティーブは冷蔵庫から缶ビールを取りだし、夕食は済ませてきた、と抑揚なくつぶやいて、テレビのスイッチをつけた。缶ビールのプルトップがあがる音が、ニュースを読み上げるアナウンサーの声をつかのま遠くへ押しやった。

スティーブは夕食をまだとっておらず空腹だった。しかし、カウンターに出しっ放しにしてあったトマトソースの瓶を見つけたとたん、急に怒りがこみ上げてきた。トマトソースを嘗めている間にパイを焦がしたのではないかと、妻が泣いて謝るまで徹底的に問いただしてやりたい。そんな心の暴力を抑えつけるのに彼は必死だった。そうできないのは、妻の、妙に的を射た、朴訥というか（ルチアの学校教育は十年生までの義務教育と、それにつづく職業訓練校での准看の資格どまりの、シンプルで実用的なものであった）、農民が次の日の天候をずばりと言い当ててしまうような神々しいほどの受け答えを聞くのが、腹立たしくも、恐ろしくもあったせいである。

「スティーブ、明日カレンを送っていってくれるでしょ」

学生の登校初日には、スティーブが車でバスの路線を走り、彼または彼女にバス停や大通りの名前を教えながら、学校までの道順を教えることになっている。というのも、彼のオフィスがその語学学校の目と鼻の先にあるのだ。

「だれをどこへ送るだって？」

スティーブはテレビの画面を見つめたまま、ビールを一口飲んだ。妻のそのような見返りを求めない無条件降伏にも似た他者への献身ぶりに、スティーブは自分の無能ぶりを見せつけられているような気がしてきた。

「カレンっていうの、さっきついた日本人の女の子。今朝、留学生が来るってちゃんと言ったわ」

頼み事をするときの、カナリアのさえずりのような最上の声色。スティーブは、ああ、そんなこと言ってたっけな、と大儀そうにルチアの方に体を向けた。

「やれやれ、また、きみの慈善事業につきあわされるのか」

了解とも拒否とも区別できない相づちをうちながら、スティーブはふたたびルチアに背を向ける。ところが、いつもならしゅんと身を縮めてうちひしがれるルチアだが、客人、すなわち、彼女のただ今現在の主《あるじ》を懐に抱き込んでいる場合に限っては、少々様子も違ってくる。

「やれやれ、私もまた4WDクラブよ」

そう口にしてしまってから、ルチアは口をつぐんだ。スティーブのほうでは、4DWクラブ、ときくと、にわかに柔和な顔つきになって、妻に近づいてきた。いつから、こんなに、まったく予測がつかない女になったのだ、とスティーブは唇を噛みしめる。

「うまくやってくれよ、あのマダムたちとはいい関係でいて欲しいんだ。どんなうまい話が降ってくるかわからない。きみに優秀なソーシャル・バタフライの才能があるなんて知らなかったな、ダーリン」

夫の手が妻の首筋に伸びてきて、耳のイヤリングに触れた。妻はさりげなく夫から体を離した。夫の手の感触に、いまのいままで他の女の同じ所に触れていた気配をはっきり感じたから。

「これからは、患者ではなく、会社と社員の面倒を見て欲しい」とスティーブがルチアに退職を迫ったのは、今の家に移ったころのこと。経済力を奪われた人間はあんなにも易々と服従するものなのかと妻の姿に胸を痛めつつ、もとより従順なルチアがさらに従順になればなるほど、意地悪と軽蔑で妻に関わる度合いがエスカレートしてきている。しかし、服従とは形ばかりで、鞭打ちの刑に耐えた罪人が火炙りの刑をも堪え忍ぶように、妻の中の形容しがたい怪物がますます強靭になっていくことに、夫は気づいてもいた。ルチアという女は、取り繕ったり、取りなしたり、取り入ったりといった、すなわち自分を救おうとする行為がまったくできない質《たち》でもある。つまり、彼女の立ち居振る舞いはすべて、それに接する者の嘘偽りをそぎ落とす刃物のような真実をはらんでいる。

妻の方でも最近では、町で老夫婦を見かけるたび――労働の義務も出産の痛みも終えてエデンの園に帰還する男女、それこそ共白髪で手を繋いで死がふたりを分かつまで――、ふと涙が出てしまいそうになる。それが激しく憧れながら叶わない夢だとあきらめているからだ。それでも結婚して二十年近くたったいまも、「無人島にたったひとつなにかを持って行けるなら、なにを持って行くか？」と問われれば、「スティーブ・ジョセフ・ディクソン」と自分は即答するだろう。

カウンターに置かれたままのトマトソースの瓶が目に入ると、ルチアはそれを冷蔵庫の奥深くに隠すようにして納めた。そうして、さきほどの売り言葉に買い言葉のような夫への反撃をひどく後悔しはじめ、それが彼女の罪悪感の山を高くした。

ルチアはオーブンから焦げたシェパーズ・パイを出し、焦げていないところをナイフで切り分けた。フォークで失敗作のパイを口に入れたら、やけどしそうに熱くて、味を確認する間もなく手のひらに吐き出した。それを見たスティーブが低い笑い声をたてる。彼女は、感情の大火事から逃げるようにして、夫の背中に怒鳴った。

「とにかく、あした、カレンを学校に送ってって！」

翌朝、ルチアがキッチンで朝食の準備をしていると、権力のヒエラルキーの順に男たちがやってきた。一番のりはスティーブ。片手に朝刊の筒、もう一方に使用済みのバスタオル。スティーブは毎朝シャワーを浴びた後に、それが夏の節水制限がある時期であっても、かならずバスタオルを取り替える。学生は起きているのかとルチアに訊く。急がないと車に乗せてやれないぞ。新聞を包んだプラスティックのカバーをはずしながら、ゲストルームにつづく渡り廊下を鷹揚に見やる。朝一番にミーティングを行うのは、会社を設立したときから変わらない。今日もミーティングと申し送りがあるのだろう、壁時計で時刻を確認したあと、さらに腕時計に目をやった。スティーブは時間は守る質で、人との待ち合わせなどにはその場所に十分前には現れる。よって、約束の時間きっかりに現れた相手に気まずい思いをさせることもしばしばである。

学生じゃなくってカレンよ、冷蔵庫から取りだした卵を調理台に置くと、ルチアは静かに吐き出すようにその名を発音した。権力者が君臨する家庭の常として、ここディクソン家でも、下々の不平や不満の種はそこかしこに撒かれており、不運にして芽生えた不幸の芽をどのように処置するかは、ヒエラルキーの最下層にいるルチアに任されているのだった。

メイソンが現れた。母親の前を素通りして、冷蔵庫のドアをあけてミルクを取り出す。スティーブが「ブルジョワの労働組合」と評する長男の学校は、自宅からは電車とトラムを乗り継いで通わなければならない市街の中央にあった。それまで通っていた地元のハイ・スクールから成績も学費もトップクラスの私立のグラマー・スクールに転入させてからというもの、ルチアは早朝から最寄りの駅まで彼を車で送ってゆき、いったん自宅に戻って、今度は次男坊を公立校のスクールバスの乗り場まで再び車で送っていかなければならない。

「メイソン、あなた、昨日の夜は何時に帰ったの？　アルバイト？　それともゾーイと一緒にいたの？」

息子は返事をしない。

「ゾーイだって試験前なのよ、よく考えなさい」

メイソンはグラスにミルクをそそぎながら小声で、うるさいな、あんたには関係ないだろ、とつぶやく。相手に聞かれることを前提にしたつぶやき以上の本音はない。そこでスティーブが初めて口を挟んだ。

「おい、メイソン。まさか、女の子を夜ひとりで家に帰したんじゃないだろうな」

メイソンは父親にはしぶしぶ返事する。この年になると男の子にとって父親とは尊敬と憧れの対象ではなくなり、現実世界のロール・モデル、近未来に立ちふさがる大きな壁と映るようである。気性も容貌もまったく違うが、こうやってふくれっ面になると、弟にそっくりだ。

「ちゃんと送って行った。バスで。だから遅くなったんだ」

「そうか。なら、父さんは何もいうことない」

父親はこの優秀な長男に目に見えて甘い。そこへ、寝ぐせのついたくしゃくしゃの金髪をかきあげながらアンガスがやってきた。スティーブは次男を見ると、ルチアに向かってフンと小さく鼻を鳴らした。この夫婦は、たがいに自分よりも相手に似ている子どもの方を贔屓にしているのだった。

「アンガス、早く着替えてらっしゃい」

ほーい、とのんびり返事をしながら弟は兄の横に割り込んで、兄のミルクを一口飲んだ。アンガスは来年、兄と同じ私立校への転入が決まっている。スティーブは、メイソンとは違ってアンガスには学業など期待していない、「ブルジョワの労働組合」が経営する学校に彼を入れるのは、これも投資という名の経費、アンガスの人好きする性質を生かして、会社の後継者として、いまのうちから未来の富裕層とのネットワークを作らせたいからだと宣言してはばからない。五歳上の兄に狂信的につきまとっていたのは数年前までで、アンガス本人も最近では、勉強もスポーツもできる兄にはどのみち敵わないとすっかり悟ったらしく、兄弟ゲンカもまるでなくなった。夫婦が記憶する最後の息子たちの兄弟ゲンカは去年のこと、メイソンの社交界デビューのときに、アンガスが兄のダンスのパートナーだったゾーイのことを「ホット」じゃない、と口走ったときである。あのケンカで兄弟の主従および力関係は永遠に決まった感がある。

母さん、ベーコンエッグ、とアンガスがルチアを振り返る。どうしてこの子は、ベジマイト・オン・トーストが嫌いなのか、オーストラリア人なのに！　とルチアが苛立っているところへ、アンガスがもういちど言い放つ。

「母さん、ベーコンエッグ！」

「アンガス・ジョセフ！　マジック・ワード《丁寧語》？」

次男の乱暴な物言いに苛立ったスティーブが大声をあげる。アンガスと同じく、スティーブにもぶっきらぼうな一面があったが、その言葉遣いはＴＰＯに合わせて、適切だった。

思えばスティーブにとっても、父親は現実世界のロール・モデルであり、近未来に立ちふさがる壁、すなわち反面教師でもあった。物心ついたころには、母親の姿はすでになく、父親は老人に見えた。溶接工のその身体は萎み、蝋細工のような指先はいびつに曲がっていた。脂染みた金髪だけが、粘っこく生気を宿していた。そんな父親から口移しで譲り受けた話し言葉が、周囲のそれとは違い、本国から直輸入のものだと気がついたのは、工場が建ち並ぶ町で小学校にあがったとき。「イギリス野郎《ポム》」「気取り屋」「スティーブ王子」。級友たちからは、そうあだ名され、からかわれた。その独特のアクセントはハイ・スクールにあがるころにはすっかり消えてしまった。本国から来たのか、イギリス人なのかと疑われることも訊ねられることもなくなったかわりに、まるで未開国の野蛮人になったような気がして仕方なかった。彼をからかったあいつら、あいつらのように。時折、父親が酔いつぶれて帰って来る夜があった。ベッドで眠っているスティーブを叩き起こすなり、寝ぼけ眼の息子に明け方まで繰り返した言葉を、彼は後々まで忘れなかった。「汚い言葉は使うなよ、あいつらには品ってものがない、お里が知れるってもんだ」。――あいつらみたいな野蛮人にだけはなるまい。まともに学校にも通わずじまいで、火花と熱気のたちこめる工場とネコの小便の匂いが漂うフラット《集合住宅》の往復に人生を費やし、墓に入る前からじわじわと死臭を放つ酔いどれ男――ジョー・ディクソン、おれの親父みたいにはなるまい。

スティーブはまるで反省の様子のない下の息子を、最近では、みながみな同じものの言い方をする、まったく、平等と低俗の区別がつかないのかと苛立《いらだ》ちながら、つかのま見据えた。母親ゆずりの黒髪のメイソンと違って、アンガスはどこにいても目立つほどのまばゆい金髪の美丈夫で、生来のわがままな性格と母親が甘やかしたせいもあってか、幼いときには金色の冠を被った小さな王様のようだった。いまでは髪の色だけでなく、そのしぐさといい、そのふるまいといい、どれをとっても父親の自分に生き写しである。そのせいか、こんな場面に出くわすたび、スティーブは妻に対する自分の態度を鏡に映して見せられているような気分にさせられるのだった。

「きみだって、行儀が悪いぞ。コーヒーぐらい、座って飲めよ」

スティーブはルチアを振り返ると、デミタス・グラスでエスプレッソを立ち飲みしていた彼女に矛先を向け、あてこすりのように言った。結婚して初めての子を身ごもるまでのあいだ、ナースの制服を着た妻がキッチンで立ったまま、漆黒の液体を火酒のように一気に煽るのを眺めるのが、スティーブの毎朝の愉しみだった。ピンストライプの開襟シャツからのぞいた喉元が大きく震えて、唇がグラスを離れる瞬間、切りそろえた前髪がはらはらと、その緑色の目元に降りかかる。その後ろ姿を羽交い締めにして、まだ温かみの残るベッドに引きずり戻したこともあった。

「座って飲んだりしたら、味がしないわ」

ルチアはぴしゃりと言ってのけた。

なにをいまさら、いちゃもんをつけられる必要があるのだろうか。この自分が腰を落ち着けて、マグカップでコーヒーなど飲んだためしがないことくらい、二十年近くも一緒にいて、重々承知のはずではないか。それにしても、自分も、どうしてここまで意固地になるのだろう？　以前はこうじゃなかった、休みの日の朝にはベッドで、ティーポット一杯の紅茶をソーサーつきのカップで分けあったこともあったのに。ルチアは天井を向いてグラスを大きく傾けた。そして、紅茶茶碗の底に溜まった砂糖のように、グラスの壁をゆっくり伝ってきた漆黒の液体を最後の一滴まで飲み干した。

朝のこの時間帯に限らず、彼女と同じこの立ち飲みをする人たちが、ある界隈には今でもいる。彼女の実家のイタリアン・デリでは、早朝から新聞を小脇に抱えた勤め人や、夕刻には夜勤に向かう労働者たちが店頭のカウンターに立ち並ぶ。ダマスク織の純白のリンネルの上に小銭かカードが置かれると同時に、常連客のいつもの一杯、エスプレッソかエスプレッソに少量のミルクを垂らしたマキアートが出る。数分後、そこには空のグラスだけが残る。温めたミルクをたっぷりと使うカプチーノやラッテは、街路にしつらえたパラソルの下で、ガラステーブルの上に書類を広げながら、ランチに招待したクライアントを待つ近辺のビジネスマンか、目と鼻の先の大聖堂と学生街の見学を終え、一息つくために籐いすに腰掛けた観光客からのオーダー。

スティーブが小さく舌打ちするのを聞いて、ルチアはぷいと向こうをむいた。

「おはようございまーす！」

元気いっぱいの若い女の声に、夫婦は救われたようになって、同時に振り返った。

「カレン？　よく眠れた？　お部屋はじゅうぶん暖かかったかしら？」

ルチアはそう声をかけた。振り返りざまの、その母親らしい、善意と優しさに満ちた妻の表情に夫が見とれているとはつゆ知らず。ルチアの立ち居振る舞いを見ていれば、本人がそう宣言していたように、ナースが彼女の天職だったことは明らかである。妻に退職を迫ったのは、天職をなくした彼女が虚無に苦しむ姿を見たかったというより、あの善意と優しさを独り占めしたかったのかもしれないと、スティーブがひがんだり、ひとりごちたりしている脇で、ルチアは女子学生をじっと見つめた。昨夜は暗がりのなかで気がつかなかったが、髪は明るい栗色に染められ、マイクロ・ミニのニットスカートとブーツ、薄手のカーディガンはピンク色。メイソンとアンガスも顔をあげた。

カレンは手にしていた細長い箱をルチアに差し出した。留学生による最初の儀式。十年以上これを繰り返していれば、兄に日本趣味の雑貨店でも開けばいいのにと笑われるほどの品数と量になって当然である。ウキヨエのカレンダーもチョップスティック《お箸》のセットも日本模様のコースターもカラフルな生地も、ユカタもファン《扇子》もカンジのプリントTシャツも、ここディクソン家では未使用のままで戸棚一杯にある。ピクルス（?）、海草（?）やマッシュルーム（?）、もしくは菓子（?）などの食品を持ってくる学生もいる。レストランでの日本食はたいそう美味とはいえ、こういった保存食はグロテスクで逆立ちしたって口にする気さえおこらないので、ディクソン家では食品類はすべて、コーディネーターの日本人女性に引き取って貰うことにしている。

「私に?　まあ、ありがとう」

少々オーバー気味にお礼を言い、ルチアはキッチンばさみで紐を切り、包装紙を破いて、ようやく現れた箱の蓋を開けた。例によって、日本からの土産はなかなか中身が現れない。今回は、箱の中にさらにうすいフィルム紙がかけられていて、それを剥がすとアンチョビに似た小魚が無数にひしめくように詰め込まれていた。ルチアは悲鳴を上げた。アンガスも、スティーブも、そしてふてくされていたメイソンまでもが駆け寄ってきて、中身を覗いた。

「キモッ！　臭！　早く蓋閉めて！」

「オエーッ！　目玉がついたままじゃん！　グロッ！」

「こりゃまたひどい！　なにかの餌とか肥料じゃないのか？」

無遠慮に悲鳴を上げておきながら、夫と息子たちの辛辣なリアクションに、ルチアは彼女自身もイカやタコなどの魚介類をふんだんに食べて育ったことを思い出し、唇を噛みしめた。

マホガニーの調理台にはその日マーケットで手に入れた、切り身になっていない丸のままの魚。窓際のキッチンベンチに置かれた金属製のコーヒーメーカーとパスタマシーンは、祖母が故郷を出るとき、「イタリアの主婦の必需品」として彼女の兄から贈られた結婚祝い。持って来たものは、これとこの身ひとつ、他のものはぜんぶ現地調達、お婿さんもね、と祖母は笑っていた。ルチアとルチアの兄は、家業で忙しかった両親のかわりに、祖母の手で育てられたのだ。子どものころの光景が脳裏を一巡りしたあとには、夫と息子たちの悲鳴混じりの笑い声に、まるでこの自分までも馬鹿にされ、けなされているような気さえしてきた。スティーブと一緒になって以来、彼の味覚にあわせた料理ばかりを作ってきたルチアではあるが、家族のいないときには、その反動からか、実家から持ち帰った自家製のパスタを隠れてコソコソ口にしていることを思えば、味覚ほど率直に、大胆に、そして頑固なほど強行に、人の根を縛り上げるものはないのではないかと思う。第一、土産物を否定するというのはゲストに対する侮辱である。

ちょっと、あなた、とルチアはスティーブの肘を小突いた。なんだよと振り返った夫に彼女は無言で、小さく首を振った。

「キャハハ！　オッケー！」

ルチアの思惑に反して、カレンは男たちの反応が愉快でたまらない様子だった。ディクソン家一同は唖然としたが、すぐに彼女につられて、みな大笑いした。ひとしきり笑ったあと、メイソンが小魚の箱に手を伸ばした。

「もしかしたら、ゾーイのところはこういうの、平気で食うかもしれないな。これ、彼女んちに持っていってやってもいい？」

ゾーイんちでも前菜に魚やタコが出てくる、米もよく出てくる、まるでノンナの家みたいに、あそこはギリシャ系なんだとメイソン。彼は了解を得るかのように、箱をもちあげてカレンに「これ、もらっても、OK?」と訊いた。

「オッケー!」

メイソンが何を言ったのかカレンに通じたのかは不明だった。ふたたびの家族全員の笑い声、家庭に久しぶりに訪れた明るい空気のなかで、ルチアはあえて、カレンに確認することはしなかった。これまでの経験上、留学生が言葉が通じないことに後押しされること、すなわち、相手の心境を勘定に入れない、大胆な発言や行動が意外な結果を生むことが多々あることも、彼女は了解済みだった。言葉が通じることは、たんに安心の材料にしかならない、ということも。そうして、若い女のヒステリックで、不安を無知で打ち消す前のめり気味の笑い声だけが、ルチアの耳の底にいつまでも残った。

*

スティーブは、その朝もカレンを自分のメルセデスに乗せて、語学学校まで送って行った。メルセデスが出て行ったあとには、メイソンの運転練習用の小型車とルチアの大型四駆車がドライブウェイに残されている。この四駆がやってきたのは去年のこと。興奮した息子たちに泥のついたままのスニーカーで乗り込まれて大声を上げそうになったものの、バックミラーに夫の至極ご満悦な表情を見つけて怒鳴り声も引っ込んでしまった。キャンピングカーを引ける大型車を希望したとはいえ、こんな高級車を妻に即金で買い与えるなんて、夫も立派になったものだと、しみじみしたから。

これといって特徴のない造作のバランスの良い寄せ集めが、いわゆる整った顔立ちの条件であるが、ゆるいウェーブのかかった金色の髪はまだたっぷりしているし、青の対の目と小高い鼻すじに老眼鏡は乗っていない。ジムのトレッドミルを週に三回走っていて、顎のラインも腰回りもすっきりしている。あの年になっても着崩したプレッピー・スタイルなどが似合う洒脱な男なんてそうお目にかかれないだろう。小さいながらも三十名ほどの従業員を抱える会社の長で、この数年は本人でさえも、資金繰りに追われた過去を忘れ去るほどの勢いである。会社の業績に比例して社交にも忙しい。クルージング・パーティー用のオフ・ホワイト一色のコーディネートで、取引先の相手とミーティングを名目にアルコール中心のリキッド《液体》・ランチに興ずる毎日。そのような場では、その無愛想な表情もぶっきらぼうなふるまいもすべて、「セクシー」と「クール」にたちまち変わる。私はいまや夫の容姿や成功を愛しているのだろうかと、四駆のバックミラーで夫の満足顔を見たとき、ルチアは自問したのだった。

この日はルチアもリキッド・ランチ――「ブルジョワの労働組合」の昼食会――に参加するため、夫が妻のために買い揃えたプレタポルテに身を包み、愛車の四駆に乗り込んだ。この車で家族旅行に出かけようという彼女のたくらみはいまではすっかり萎んで、夫にしろ息子たちにしろ、使い古した妻や見慣れた母親よりも他のだれかと別の楽しみを見つけた次第。いまや無用の長物は狭い道幅を埋めるようにして、アスファルトの道路の上を遠慮がちに進む。

ランチの会場は高級住宅街の邸宅。アールヌーボー風の優雅な曲線が目を引く門扉の向こうのポーチの前には、四駆を含む数台の高級車が停められている。この界隈の住人たちは富のシンボルとして「高級住宅街のトラック」を買い求めるようである。そんなわけで、4WDクラブとルチアは勝手に命名しているのだが、四駆以外にもメルセデスやアウディ、ボルボのセダンタイプも混じっているし、巨大ハマーもある。ティラミスのトレイを小脇に抱え、玄関の真鍮のベルを鳴らすと、女主人が出迎えてくれた。背後から今現在は上品な女たちの笑い声が聞こえてくる。

「おそかったじゃない、ルチア」

「ごめんなさい。これ、ティラミスよ」

「このあいだのと同じ、あなたのご実家の？　イタリアン・デリを経営されているのよね？　ケータリングもされているのかしら？　実は、うちの人があの日残りを食べたんだけれど、とても気に入って、今年の会計年度終了の打ち上げに、彼の会社にもケータリングをぜひお願いしたいって言ってるの。ああ、こんな話、あとでいいわね？　さあ、もうみんな始めちゃってるの。はやくいらっしゃいな」

ここでの挨拶の会話は、すべてビジネスにつながっているのではないかと錯覚するほど、夫たちの職業は互いにつながりあいたがっている。強靭なビジネスのネットワークを張り巡らせ、損は編み目を通して追いやり、得はしっかりと享受するというシステム。ルチアはその編み目をおっかなびっくり綱渡りしているのだが、いつまでたっても慣れることがない。とはいえ、ひとつだけ慣れていることがある。彼女が育った家では、ランチといえば、一日三食のなかでは一番ボリユームがあり、きちんと料理されて皿にのった温かい食べ物のことである。オフィスで電話を取りながら、または横断歩道を渡りながら頬張る、冷たいサンドイッチやサラダ・ロールのことではない。直前に実家のデリに寄って来たせいもあるのだろうか、天窓から正午過ぎの陽光が降り注ぎ、女たちの話し声に混じって銀器やグラスが触れあう音が聞こえてくると、ルチアは自分の家に帰って来たような晴れ晴れとした気分になった。

ホールに案内されて大理石の廊下を通り抜けると、いつのまにか吹き抜けのダイニングに立っている。ルチアじゃない、ご機嫌いかが？　ルチア・ディクソン、おそかったわね！　などと彼女の登場に女性たちは顔をあげる。そろいもそろって染め上げた金髪、大ぶりのイヤリング、大きく開いた胸元には皺をカモフラージュするための大ぶりのネックレス、シャンパン・フルートを持ち上げる指先はネイルがきっちりと施され、口紅のはげかかった口という口が動いている。

こういう場に出くわすたび、自分を含めた女たちの洋服代、ジュエリー代、食事代、アルコール代の総額で、貧しい国の恵まれない子どもたちを何人救えるだろうかなどと、ルチアという女は性懲りもなく考えてしまう。走行距離三十万キロを超えた小型車で勤め先に通っていたころには、これはあり得なかった。女たちでたしなむアルコールもせいぜい、勤め帰りにビストロでハウスワインを一杯、であった。しかし今は、昼間から高級シャンパンのコルクをあけ、新しい友人たちは競ってグラスを空にする。車を乗り換えると友人まで乗り換えることになろうとは。とはいえ、メイソンをグラマー・スクールに送り込むことで獲得した高級車を乗り回す母親友だちは、見かけこそルチアがそれまで馴染んできた人種とかけ離れていたが、それぞれに子育てをはじめとして諸々の悩みをかかえ、憂さ晴らしのために仲間と飲み食いするという点ではかつての友人たちとなんら変わりなかった。いっぽう、共感はできても理解しあえない仲というものはこのようなものなのかと思い知らされもする。

「ルチア、メイソンはどう？」

息子がメイソンと同じクラスにいるドナ・キンケイドがシャンパンを一口含んだあと、長テーブルの一番端から大声で訊いてきた。出来の悪い息子を幼稚園から毎年多額の寄付金でひっぱりあげ、ようやく十二年生の最終学年まで進級させた純粋培養派の母親。対するいまだ公立校の匂いをプンプンさせ、他の生徒の父兄から取り立てる学費で賄われた奨学金を受けている転入生、サバイバル雑草派の母親であるルチア・ディクソン。こういった集まりで息子の不出来ぶりを取り繕うかのように、ドナがのべつまくなしに喋っているのを見るたび、同じ母親ならば、みな明日はわが身ではないかと、ルチアは周囲の冷え切った視線を見渡してしまう。ドナとは真逆の、ルチアの一声を聞くために——こちらは口数が多い方ではない——、一同が彼女に顔を向けた。ホストのジュリーがルチアのグラスにシャンパンを注ぐ。泡の弾ける音がぴんと張られた静寂の布にプチプチと小さな穴を開けていった。ルチアはアーティチョークのサラダをつまみ、シャンパンを半分まで飲んだ。

「うまくやってるみたいだわ。もう試験まであんまり時間もないっていうのに、ガールフレンドと会ってばかりいるのよ」

ガールフレンド、のひとことでドカンと大穴が開き、乱気流がおこる。そうなのよお、うちの子もよ、と数人が相手を選ばず口々に話し始める。ルチアはフィンガー・ボールで指先を洗い、前菜のオイスターを口にしたあと、温め直されたチキンのマスタードソース添えにナイフを入れながら、やっと訪れた心地よい閉塞感のなかで彼女たちを見守る。ボーイフレンドもしくはガールフレンドがいない子どもの親にも、種々様々の悩みがあるに違いない。たとえば、「うちの子には、どうしてガールフレンドができないのだろう?」。黙ってチキンを半分ほど食べたところで、はす向かいに座っていたソニアと花瓶越しに目があった。

「どう?　最近?」

ソニアはクスリと少し笑ってルチアを見た。

「まあまあね」

ルチアは微笑み返す。

「まあまあ?　ウソ、なんだか浮かない顔よ。ああ、わかった、また学生を預かった?　もう預からないって言ってたじゃないの」

ルチアは言い訳をするようにうつむきながら、大きな息をついた。いやあね、

また
って何よ、本当にこれが最後、と自分を茶化しながら返事する。

「今回は、なかなかユニークな子よ、まだ来たばっかりだから、今のところ楽しくて仕方ないって感じかしらね」

今回は四週間だけだから、楽しいだけで終わるかもしれない、だったらそれがベスト、とルチアがひとりごちていると、ソニアが目を見開き、何人《なにじん》？　また日本人？　と会話の糸口を撚り始めた。この種類のことについてはみな、「何人？」からしか始められない。もちろん悪意はない。そう、日本人、とルチアは即答して、「ブラッツ」人形みたいな女子、と微笑とともに付け加える。全体的にアンバランスでコミカル、呪文のようなスペルの名前がついているそのオモチャはバリエーションも多く、人形が身につけている短いトップスやシースルーのセクシーな上着、本物そっくりのチープなアクセサリーなども子どもたちには人気で、ルチアの姪っ子たちも小さかったときには熱心にコレクションしていた。

「ははあ、それはまたやりがいがあるじゃないの」

ソニアの隣で会話に聞き耳を立てていたケリー・アンが眉を寄せる。

「うちの娘は「バービー」で遊ばせてるわよ」

「うちのシキータだって、はじめはグランマが買ってくれたバービーだったんだから。でも、わかんないわよ。女の子ってオソロシイ生き物だから」

ソニアはそう言うと、シャンパンのおかわりを所望し、ケリー・アンとルチアのグラスにもつぎ足したあと、三人は頭を寄せ合う。

「親の言うことときくのは今のうちよ。サンタを信じていて、親の選んだピンクのドレスをきて、パーティーには妖精の羽を背中につけて、魔法のステッキを振り回しているうちが花。シャーロットはまだそういう年でしょ」

「七つ」

「十七じゃないことだけは確かよね」

クック、とルチアも笑い出す。少女と女の違い。七つと十七ではまるで違う生き物。七つの時、ルチアもピンク色のサマードレスを着て、ドールハウスで夢一杯のままごとに興じ、十七のときには革ジャンを着て、スティーブとデートした。二十七のときには白衣のナイチンゲール、三十七のいまは夫好みの金のかかった服を着込んで、私はいったい何者？　ルチアはふとむなしくなり、一気にグラスを空ける。ソニアとケリー・アンが染めた金髪に同時に指を滑らせながら、目を丸くした。

「なあに？　その日本人がそんなにひっかかってるの？」

「違うわよ。今朝だって自分でトースト焼いて食べていったわ。二十歳なんだし、子どもじゃあるまいし」

トーストのあと、カレンはシリアルを食べ、シリアルの箱を戸棚にしまったのだが、そのしまう場所が違ったので、ルチアがあとからしまい直したのだった。

留学生がきて数日のあいだは、いつもあるところにあるべきものがなくて、いつもないところにあってはならないものがある。この現象にはすっかり慣れっこになっているルチアは、今朝もほとんど気にならずにいた。しかし、こうして外で話題にしたとたん、カレンという人物の個人のやることなすことがとつぜん、「日本人」の、「留学生」の、さらには「若い女性」の傍若無人なふるまいに一変して、しまいには今更のことのようにひどく気に障ってくるのだった。

「いやだわ、自分の娘以外の二十歳の小娘なんて、そばを歩かれるだけで有害じゃない。メイソンもアンガスもホルモン炸裂の年頃でしょ」

「そう言われれば、それもそうよねぇ。ルチア、あなた、用心しなさいよ。スティーブだって、あんなにイイ男なんだもの」

女友だちにそう忠告されて、まさか、と一言漏らすとルチアははたと思いおこした。いつもなら、学生を語学学校に送っていくのは初日だけなのに、スティーブは今朝もカレンをメルセデスの助手席に乗せて出て行った……。スティーブが浮気したのは、これまで一度や二度のことではない。それにしても、数日前に目の前に現れたばかりの、ほとんどなにも知らないあかの他人の、一体何に自分は目くじらをたててしまうのだろう。どうして、こんなに不安になるのだろう。

ルチアは緑色のボトルに手を伸ばし、自分のグラスをいっぱいにすると、喉元にひっかかった悲鳴をシャンパンで一気に流し込む。OH、ベイビー！　ほんッと、あなたってスティーブしか目に入らないのね、ただの冗談だってば！　ソニアが念を押すように叫び、ケリー・アンが、あら、冗談でもうろたえるわよ、だってオリエンタル・ビューティーでしょ、おぉ怖！　と高笑いするのが聞こえると、彼女の隣にいたマルゴットがつられて笑い、オリエンタル・ビューティー？とニヤニヤ笑いで問いただす。ソニアがすかさず、そんなの死語、いまは、もっとズバリとやってるじゃない！　ほら、よく見かけるでしょ、『キュート・

エイジアン《アジア系》、十八歳、初登場、巨乳、情熱的、サービス満点』みたいな？ と、巷にあふれるその類の広告の写真に似せて身をよじり、唇を突き出すと片手で髪をかきあげた。テーブル全体から大きな笑い声が起きた。

女たちの爆笑――「キュート・エイジアン」たちと同族ではないことを高らかに宣言するための偏見の壁――のなかで、ルチアはシャンパンのボトルを掴んで自分のグラスにまたつぎ足すと、そのまま女たちのグラスをつぎつぎに満たしていった。ドナのところまで来ると、彼女の息子の様子を尋ねた。「子どもって一体なんなのかしらね」と、ドナは待ちくたびれたように目を伏せ、空のグラスをルチアに押しつけてきた。ドナのグラスを残りのシャンパンでいっぱいにすると、ルチアは彼女と並んで座り、同じ母親であることの傷口を嘗めあうようにして、交互にグラスの縁に唇をつけた。酔いが回ってグラスの縁の乾ききったリップスティックのカーマインやルビー・レッドが金魚鉢のなかの金魚のように視界の中に波打ってくると、日常の貞節はもう捨てた、ルチアはそのように思う。手元がふらついて、泡がグラスから溢れ出た。

＊

中古車のディーラーほど信用ならない職業はないと人はいうが、新車、中古車の両方を扱うディーラーは違う。ことに、修理工場《ガレージ》がついているとなると、まず信用できるとルチアは思う。店頭のショールームには新車しか展示されていないが、裏のガレージにはあらゆる中古車が並べられていて、このような予算でこんな車種の中古車が欲しいと伝えると、彼はどこからか見つけ出してくるのだ。他店からの入庫の中古車も、ガレージでしっかりと点検させてから顧客に連絡をいれてくる。はじめから新車目当てで出かけていっても、だれがどのような目的と予算で車を購入するのかを聞き出し、場合によれば顧客の希望とは違った車種を勧めたり、中古車のリストをあたることもある。クレームにも誠実につきあい、修理にも、それが、たった一本のワイパーであっても、いやな顔ひとつしない。受付に車のキーを預けた後は、顧客を数種類のビジネス・アワードの賞状が慎ましやかに壁に飾られている自分のオフィスに招き入れ、修理がおわるまであたりさわりのない世間話などしてコーヒーの一杯でもてなす。ほんの数年のあいだに即金で新車を二台も買ってくれる顧客には、もちろんそうせずにはいられないのだろう。その日はあたりさわりのない世間話、というわけではなかったが。

「あれは、お嬢さんかしら?」

三つ四つの、栗色の巻き毛を額に垂らした女の子が紫色の妖精のコスチュームを着てにっこりと笑っている写真が飾ってあった。彼とは自分の4WDとスティーブの社用のハイブリッド車を購入してからのつきあいであるが、はじめてこのオフィスに招き入れられた時から、ルチアは電話の横に置かれた写真立てに飾られてある写真に気づいていた。

「ええ。こんど、五つになります。クロイといいます」

「いい年頃だわ、かわいくってしかたないでしょう」

「天使と悪魔が同居してますね、こういう年頃は」

父親は毎日手元において眺めている娘の写真をいまいちど眩しそうに見た。

「まあ、でも僕は二週ごとにしか会えないから」

相手のしょんぼりした表情とかすれた声に、立ち入ったことをきいてしまったとルチアは後悔したが、彼女のいたわりの表情に気づいた彼は片手をひらりとルチアにむけて振ると、目前の重苦しい慰めを払いのけるように軽快に話し始めた。

「クロイの母親とは別居して一年になります。もともとパースの出で、彼女にはここの寒さはこたえたんでしょうね」

窓に打ち付ける雨は大粒で、厚い水膜を張りながら流れ落ちていく。雨音を聞きながら、二人はしばらく黙ったまま、時間の流れるにまかせた。沈黙で慰めあえる相手など、そう簡単に見つかるものではない。ルチアは再度あいまいに微笑み、相手の穏やかな表情に見入った。山積みになっている、別居中の妻に対して言いたいこと、哀れな愛娘に対する悔悛の気持ち、独り身になった解放感からほっとしたものの、意外にもひとりでいることにそろそろ耐えられなくなってきている、そのような感情が逐一男の顔の表面に浮かんでは消えるのを彼女は見て取った。男がふと顔をあげ、ヘーゼル色の三白眼で見つめ返してくるとどぎまぎしてしまい、女は目を伏せる。男は、その優しげな容姿に不釣り合いな鋭利な眼差しを女の全身に這わせた。室内に入ってきたときから軽く身構え、膝の上で両手を重ね、スカートの下に無意識の貞操帯をつけ（意識したとたんに取り外しにかかるのかもしれない）、臆病なほど慎ましく、聞き役に徹している。その中身は良心でできた背骨、苦労人もしくは実践の人特有の、弾力と柔軟性をもちあわせた気質、生まれながら身持ちのいい女。女がその先を知りたがっているのを見て取ると、男は心得たように、にわかに饒舌になった。

「図書館に勤めておりましてね。娘が生まれて、小さいうちは家にいてくれと頼んだんです。人の子どもに本の読み聞かせをするなら、まず、自分の子にしてやれ、って」

「私もナースでしたから、自分の子どもが病気のときに人の子の看護をしていました」

「ミセス・ディクソンもそうだったんですか」

「ミセス・ディクソンはそろそろやめて頂ける？　ルチアです」

「じゃ、ルチア」

男の声で名を縁取られて、ルチアはさらにどぎまぎした。スティーブにファーストネームで最後に呼ばれたのはいつのことだっただろう？

「娘さんに会えるのは二週間に一度だなんて、寂しくない？」

寂しいのには慣れました、だけど、寂しくてたまらなくなるのには慣れていません、と男が締めくくるのを待っていたように電話のベルが鳴り出し、ワイパーの交換が済んだことが知らされた。男は立ち上がると、前もって計画していたような芝居がかった動作で戸棚の上にあった箱を下ろし、ルチアに手渡した。

「チョコレート、売れましたよ」

先回訪れたとき、ルチアはこのディーラーにチャリティー用のチョコレートの販売を依頼した。箱の中にはコアラの模様がプリントされた包み紙のチョコレートが二十五個、ひとつ二ドル。元同僚から毎月のように販売を依頼されるのだが、収益は彼女の元職場である病院の資金になる。それまでにも、4WDクラブのメンバーにはさんざん買わせたし、彼女自身も黄色い五十ドル札を何枚も入れたし、もてあまし気味だった。ディーラーが箱の蓋をずらすと、募金の総額よりも重量が多いことに気づいて、ルチアは思わず歓声をあげた。ルチアにとってチャリティー用の募金の中身といえば、善意と義務感にかられた人々が財布の底をさらって掻き集める銀色の五セントや十セントのコイン、大道芸人たちが「私はシルバー・アレルギーです」と冗談で懇願しながら集めて回る金色の一ドルか二ドルコイン、まだ幼すぎて貨幣の価値がわかっていない子どもの入れる藤色の五ドル札、そして、どこかの黄金の良心《ハート・オブ・ゴールド》が一念発起して手放す空色の十ドル札か朱色の二十ドル札に限る。贈り主の名が明記された目の覚めるようなまっ青な小切手や、めったにお目にかかれない緑色の百ドル札の束では断じて、ない。

「オフィスにお通しするクライアントにしか目に付きませんから時間がかかりました。四つだけ、売れ残りました」

「それはうちで引き取るわ、いま日本人の女の子がうちにホームステイに来てるのよ、彼女が喜ぶと思うわ」

ルチアが売れ残りのチョコレートを受け取ると、ずいぶん前のことだが、故郷の実家でも日本人学生を預かっていたことがあると返してきた。ただし、僕たち田舎の農家では、ホームステイというんじゃなくて、ファームステイというんだそうです。牧場を歩きながら、彼に日本語も少し教わりました、羊を日本語で数えたりしてね、イッチ、ニー、サン。

「それなら、私も知ってるわ」

ルチアもイッチ、ニー、サンと相手のあとを追いかけるようにしてつぶやいた。

「つぎは、シッ、ゴー、ロック、だったかしら？」

「ハッピャクです」

「ハッピャク？」

「八百です。あのころは、八百頭いたんです、うちの羊」

たがいに笑い合った。ルチアはふと黙りこむとうつむいた。まだ結婚する前、スティーブとつきあっていたころ、彼に数字の読みを教えたことがあった。こんなふうに……。Ｕｎｏ、Ｄｕｅ、Ｔｒｅ。そう幾度も繰り返して、私の唇から片時も目を離さないで。そうやって、二人きりでいるときは、たがいの知らないところを知るたび、親密さが増した。その一方、たがいの家族の手前、つまり世間の偏見の目に囲まれたとたん、たがいの知らないところが大きな障壁となり、埋めようのない距離に変わるのも感じずにはいられなかった。そう、そうだわ、結婚してからは私の実家には寄りつかなくなって、メイソンが生まれて、カトリックの洗礼は絶対に受けさせないと宣言して、クリスマスにはクリスマス・ツリーの大木を買ってきて、ノンナから贈られたプレゼピオを片付けさせて……。うちみたいな大家族とちがってスティーブにはお父さんしかいなかったから、遠慮して黙って彼のしたいようにしてきたけれど、何が気に入らないというの？　女の表情が変わったことに瞬時に気がついたディーラーは、コインで溢れそうになっている箱の蓋を慎重に戻すと彼女にウィンクしてみせた。

「ありがとう。ミスター・グリーソン」

「シェイマス、です」

じゃあ、また、シェイマス。ルチアはそう一声かけてオフィスを出ると、彼女のためにドアをあけた彼が背後でささやく声を耳にした。ささやき声だが宣告に近かった。エンジン・オイルも交換が必要だそうです、また、近いうちにご連絡差し上げます、ルチア。

聞こえないふりをして、ルチアはレセプションにつづく廊下を足早に歩いた。馬鹿なブロンドじゃなくてブルネットでよかった。クラッチ・バッグの留め金がゴールドじゃなくてシルバーでよかった。結婚指輪はプラチナで、薬指にしっかりと食い込んでいた。ルチアはその白金の輪を指から引き抜いてバッグのちいさな襞に納めた。

＊

ショッピングセンターの馴染みの店の前で先週とかわらないディスプレイをのぞき込む。グリーンのシルクのスカーフ。中央には様々な色の糸で刺繍がある。胸元に飾れば自分の目によく映えるだろう。——若かったとき、スティーブはこの目のことを、ジェイド・グリーン、翡翠の緑、と、四六時中そうささやいてくれた。ルチアは背中を丸めて、深々とうなだれた。若かったとき、スティーブも私もおたがいの目を穴の開くほど見つめ合って、スティーブのは青で私のは緑——、その違いに熱烈に恋をした。そう、私たちにとっては、おたがいの違いを見つけることが恋におちることだった。でも、私たちは、おたがいの目が何を見ているのかは、見たことがなかったのかもしれない……、そもそも、ふたりで同じものを見たことなんてなかったのかもしれない……。そうこうしているうちに、恋から醒めて、長い時をかけてその代償を払いはじめてから——、違いを見つけることが、「間違い探し」になってからは、おたがい、違うことが許せなくなっている。間違いを訂正しあうために、私たちは一緒にいるのかしら。だったら、初めから自分に似た相手を選んだ方が、無難だったはず。けれど、自分に似た相手と無難な人生なんて、自分には考えられない。ノンナは人生は旅だと言った。人は一度は鳥になるもんさ、と。

ルチアは一歩下がると、こんどはショーウィンドウに映った自分の全身を眺めた。――あなたってすごく幸せそうよ、ルチア・マリア？　前みたいに借金に苦しんでいないし、ふたりの子どもはだいぶ手が離れたし、有閑マダムにみえなくもないし、まだ女をやれそうだし。子どもだってまだ産めそう、何人産んでも男の子のような気がする、メイソンとアンガスのあいだに早産で亡くした子も男の子だった。スティーブのお父さんに「カトリックの子だくさん」って皮肉られていなかったら、いまごろもうひとりくらい……。ショーウィンドウに男の姿が映り込んだ。その姿はだんだんと大きくなり、ルチアの隣にならんだ。ウィンドウ・ショッピングとは珍しいな、ダーリン。

「あなたこそ、こんなところで何しているの、珍しい」

「ランチの時間だ」

スティーブがテイクアウェイの紙包みを片手でひょいと持ち上げた。ルチアは、私はいまから食料品のショッピング、と答えた。

「今夜はカレンのために、オージーなメニューにしようと思うの。彼女、ここ二、三日、元気がないでしょう」

妻の言葉に、そりゃ元気もなくなるだろう、自分の国の水じゃないんだから、とスティーブは内心同意する。同じ魚でも同じ水で住めるとは限らず、同じ国に住んでいるからといって同じ人間ではない。ましてや、他の国からちょっとの間遊びにやってきただけのビジターじゃないか。ここで働いているわけでなし、税金を払っているわけでもなし。しかし、魚という魚は水のなかでしか生きて行けないことを思えば、水という水の中には必ず、すべての魚に必要な酸素や、なにかしら、共通の養分のようなものがあるはずなのだが。

「今朝、車の中ではそんな感じじゃなかった」

「じゃあ、なんなのかしらね？」

当たり前じゃないか、不機嫌に理由なんかないと、夫はイタリア街にある妻の実家での出来事を次々と思い起こす。

異文化との遭遇は、恋に似ている。おたがい、魅力的な観賞物または愛玩物の間はよいが、それが傍若無人の振る舞いと不作法の奇襲に一転したあとは、親しい友人にとつぜん頰を打たれるような衝撃に変わる。よって、通常ならば受け入れるとか認めるといった猶予さえ与えられはしない。百年の恋も冷めるというが、寛容というまことしやかな言葉が、ある日世の良識ある人々の口の端に上るのは、このような衝撃がすべて相手に対する憎悪に変わり、社会に明るみに出たあとのこと。この二十年近く、家庭という逃げ場のない密室で、たっぷりと経験を積んだこのおれに「異文化」やら「寛容」やらについて講釈をたれさせたら、右に出るやつはいないぞ。

「ところで、例のモノ、きみからカレンに注意してくれ」

「ああ、あれ？　そうねえ、アンガスも馬小屋の匂いがするってキレてたわよね。たしかにたまらないわ、あの匂い」

「馬小屋とはうまく言ったもんだな、アンガスのやつ。おれは、あの匂いだけで吐きそうになるよ」

「そうだけど、彼女がいるのもあと二週間ちょっとだし、我慢できない？　カレン、食事にはあれが欠かせないみたいなの」
「我慢？　どうして、自分の家で我慢させられるんだ？」

「彼女は一応、ゲストなんだから」

「ゲスト？　ゲストだったら、なおのこと、ゲストらしく、ホストのホスピタリティに笑顔で応えてほしいもんだね！　ゲストならなんでも許されるなんて、おかしいよ」

「許すもなにも、そういうものなんだから仕方ないじゃないの。そのうち、こっちも慣れるかもしれないし」

「仕方ない？　じゃ、何か？　きみは馬のクソの匂いでも仕方ないっていうのか？　慣れろっていうのか？　そうかもしれないな、きみの実家だってトマト臭いけど、きみはすっかり慣れているんだから。でもおれはゴメンだね」

「あなたの家だって、朝はポリッジの匂いでたまらないわよ！」

夫婦の短い、大声の剣幕に、周囲の買い物客が振り返った。

「……行くわ。ランチ、楽しんでね」

ルチアは青ざめた顔をスティーブの視線から逸らせると、逃げ出すように小走りに歩き始めた。

数日前から、カレンは、黒胡椒の粒に似たものが入ったパックを煮出した茶色い飲み物を、プラスティックのボトルに入れて冷蔵庫に常備するようになった。食事のときにはかならずそれを取り出し、グラスに注ぐ。オレンジ・ジュースやミネラル・ウオーターをすすめてみたが（果汁を水で割るコーディーアルは、たいていの日本人学生には不評なのですすめなかった）、あいまいに微笑むだけで、決して口をつけようとしない。どうやらお茶の一種のようなのだが、これが、アンガスが「馬小屋の匂い」と称するとんでもない異臭を放つ。以前、グリーン・ティーを愛飲する学生もいたが、アンガスはそちらのほうは「芝生の匂い」といってまだ我慢できていた。しかし、今回は味のほうも、一口飲んでみたメイソンが「馬の小便」と即座に吐きだすような代物である。せめて紅茶のティーバックのように、一人分を作ることはできないのだろうか？　ジュースや白ワインのように冷蔵庫で冷やさないとだめなのだろうか？　しかし、招かれた家で、自分の家のようにくつろぐことこそが、ゲストの特権なのだ。少なくとも、ルチアの実家ではそうだった。しかも今回のような短期間の場合は、一応家族の一員として扱っているとはいえ、ホストから席を譲られて当然なくらいの特別ゲストである。

ルチアは気を取り直して、メモを指さし、アイテムをひとつひとつ小さく口に上らせながら、スーパーマーケットに向かった。「ラムショルダー」「ローズマリー」「バタナッツ・パンプキン」。今夜は奮発してラムローストだ。時間がかかるオーブン料理なので、何も予定のない明日にしてもよかったのだけれど、あいにく明日は金曜日。金曜日に赤肉を口にすることは、信仰厚い家庭で育ったルチアには、やはり気が咎める。

ここ数日、カレンが部屋にひきこもりがちになっている。アンガスが言うには、部屋で日本にいるボーイフレンドとチャットをしているか、日本語のネットを見まくっているらしい。いろいろと慣れないなか、他人の家だと気疲れもするだろうし、はじめのうちは珍しくて楽しくても、時期的に、いまはなにもかも嫌になってきたってところかしら？　まあ、留学生にはよくあること。滞在中、ずっと部屋にひきこもる子だっている。日本では、夕食のあと子どもは自室に引き上げて勉強するのがふつうだって聞いたこともあるから、そういうカルチャーということで割り切って、気にかけるのをやめたこともあったけれど。今夜はオージー料理にするって言ったら、気分もかわって部屋から出てくるんじゃないかしら？　それにしても、アンガスもメイソンも今回はとても面倒見がいいじゃない？　宿題をみてあげたり、遊びに連れて行ったり……。母親の私にだって、あんなに優しくしてくれないわよ？　——オリエンタル・ビューティーって、ほんとに死語？

＊

「Xmas in July（七月のクリスマス）」

夕食後、キッチンテーブルでメイソンがカレンの宿題を手伝っているのを横目でみやりながら、スティーブはベンチにあった広告になにげなく手を伸ばした。近所のレストランが毎年、冬の最中にオファーする特別メニューと団体割引。オーストラリア人なら一度は冬のクリスマス、すなわち雪の降る「スノー・クリスマス」に憧れる。しかし、北国出身で、無神論者の彼の父親によれば、それは雪の冷たさをしらない人間の暴言だということである。スティーブはふと留学生に訊ねてみた。日本では、クリスマスに何をするんだい、カレン？

「ケンタッキー・フライド・チキンとクリスマス・ケーキ！　クリスマス・パーティー！」

テレビを見ていたアンガスが、あ、それホントなんだ？　日本語の授業で聞いたことがあるよ。日本人はクリスマスにKFCを食べるって。でも、なんでターキーじゃなくてチキンなの？　パーティーって、こっちのクリスマスみたいに親戚がみんな集まるってこと？　と、彼女を振り返った。

「No！　パーティーは友だちと。恋人はホテル！」

ハァ？　とメイソンが素っ頓狂な声をあげた。恋人はホテルって、恋人たちはクリスマスなのに、家族と過ごさないの？　ふたりだけでホリデーに出かけるの？

「No、ホリデー！　ホテルでセックス！」

兄弟は一瞬言葉を失ったが、次の五分間は息が止まるほど笑い転げた。スティーブまでもが大声で笑った。ランドリーでアイロンをかけていたルチアも顔を覗かせた。カレンが男たちに尋ね返す。

「おぉおすとれいりぃあーのクリスマスは、なにしますか?」

「おぉおすとれいりぃあーだって！　キモッ！」

「そのアメリカン・イングリッシュなんとかしろよぉ」

生粋のメルボニアンであることが自慢の兄弟が、すかさずオージー・イングリッシュに訂正させた。学生にオウム返しをさせておきながら、しょせん、よそ者はよそ者と納得顔でオージー・アクセントのまねごとを聞き流している。これが長期滞在の学生だったら、初めから訂正すらしない。オージー・イングリッシュを話すのを許されるのは、自分たちのような生まれも育ちもここの人間に限るから。よそ者のオージー・アクセントや、彼もしくは彼女がこなれたオージー・スラングを使いこなすのを耳にすれば、即座に虫酸が走り、到底我慢できないのだ。兄弟そろって、メルボニアンの典型、たとえば、ライバル都市のシドニーに行ったこともないのに、メルボルンのほうがシドニーよりも住みやすいと信じて疑わず、仮に行ったら行ったで、やはり自分の生まれ育ったわが街が最高だと、思い込みも新たに舞い戻ってくる輩である。

「オーストラリアのクリスマスは、なにしますか?」

カレンがそう言い直すと、毎年十二月一日にクリスマス・ツリーを買いに行かされるのがめんどくさい、プレゼピオを飾るのはもっとめんどくさい、クリスマス当日は母親が礼拝に行くあいだ、家で待たされている自分たちまで、ターキーをまえにお預けをくらう、と兄弟は口々に文句をいい、ルチアを見た。

「別に、あなたたちにまで絶食を強制してないわよ。ふだんでも礼拝《マス》の前は絶食、母さんはそういう習慣で育ったものだから、からだに染みついちゃってて。あなたたちは、ターキーを自分で取り分けるのが面倒だから、母さんの帰りを待っているだけじゃない。日本じゃたぶん、教会には行かないわよね、カレン？」

「Ｎｏ！　私、教会行かない。クリスチャン、教会行く。でも、クリスマスに教会、どうして？」

　どうしてって、と祖父母の出身地の守護聖女から名をもらい、生後六日で聖水を浴び、五歳から十七歳まで女子修道院の経営する学校に通ったルチアは、長年の習慣を問いただされて返答に窮した。ルチアは夫のワイシャツを両手の指先でもじもじといじり、学生を眺めまわした。すると、スティーブが、そりゃ、なんてったって、いちおう教祖様イエス・キリストの誕生日だからな、と寝る前にはベッドに跪いて祈る妻のおなじみの姿を思い浮かべながら、さきほどの大爆笑の余韻を残した声でからかうように言った。そしてその胸中では、もし自分たちが日本で生まれ育っていたら、クリスマスにターキーのかわりにチキンを食べ、親戚の集まりではなく友だちとパーティーに出かけ、ホテルで恋人とセックスするのがあたりまえで、しきたりにさえなっているのではないかと空想さえした。するとカレンがびっくり眼で叫んだ。

「それホント!?」

これにはルチアはもとより、メイソンもアンガスも絶句した。

「教会には行かない」とは言えても、「神を信じない」とは宣言できない人にありがちな、無宗教であることに一抹の不安や肩身の狭い思いを密かに抱いているスティーブだけは、ふいに味方を得たような気分になって、ニヤニヤ笑いを隠しきれなくなった。さすがに非常識もここまでくると無礼を通り越して、愉快にもなってくるじゃないか、ほら見ろ、信仰などなくても人生に支障はない、と。その一方で、日常のふとした瞬間に、妻の口から祈りの言葉がひとりごとのようにこぼれ落ちたり、悩み事や心配事を抱えているときには、だれもいない教会の片隅でひとり跪いたりしていることを思えば、天からの戒めやら脅しのおかげで、そういった習慣なり文化なりが身に染みついていなければ、結婚前に複数の男の手あかをつけていたかもしれない、つまり、彼が最も苦手なタイプの女になっていたかもしれないなどと勘ぐってもしまうのだった。

こうなると、まるで「鶏が先か、卵が先か」だと、スティーブは滑稽でたまらなくなってくる。これが、毎週かかさず教会通いをして、大声で賛美歌を歌ったり、莫大な寄付を納めて自分の名前を刻印した金ぴかのプレートを作らせたり、または、ときどきジムで見かける、鏡の中の自分の筋肉美に見惚れるナルシストにも似た、奉仕活動あそばすのが中毒みたいな偽善者タイプだったら、とことん軽蔑して、思いきり冷笑してもやれたのにと思うこともしばしばである。夫の自分でさえ入っていけない、不可侵の祭壇が、ルチアという女にはある。宗教なんて、案外、排他的なものだと、スティーブは可笑しくてたまらないように低い声で笑い続けた。

無神論者（スティーブは自分で自分のことをそう呼びながら、人からそう呼ばれることはひどく嫌った）の自分は、カトリック教会で結婚式をやらなかったおかげで、妻の兄をのぞく彼女の家族からは破門同然。結婚の際にパートナー側にあわせて改宗した知り合いもいる。だが、事情や都合にあわせて自分の主義、信条を曲げるやわな相手になんて、このおれは惚れたりしない。それに、自分はルチア・フェラーリと結婚したのであって、彼女の家族と結婚した覚えはない。

スティーブは視線を妻から留学生にうつした。ここまできわどいつっこみはゲストにしか許されない。この国の常識のある人間なら、ディナーの席などの人の集まるところでは、政治と宗教の話だけは絶対にやらない。タブーの大砲をぶっ放つことができるのは後くされのない外国人に限る。しかも、よそ者とは真剣につきあうことなどないので、トラブルにもならなければ、腹が立つこともない。それも彼女くらい無邪気なタイプだと、どんなにつっこまれてもぜんぶ笑い話になる。だからと言っちゃあなんだが、その分、息子たちも、それから、このおれでさえ気兼ねなくつきあえるってわけだ。カレンのつぎの疑問に、ふたたび家族全員が大爆笑した。

「エクスキューズミー？　イエスが名前でキリストが苗字？」

＊

午後四時ごろ、エンジン・オイルの交換はいかがですか。

午後四時少し前。ルチアは四駆をショールームの後ろにあるガレージの前に駐車する。キーを預けて、レセプションに向かうとシェイマスが彼女を出迎えた。彼に新しいコアラ・チョコレートの箱を手渡す。ブロンドの受付嬢がルチアに一時間ほどかかると伝える。

男のオフィスはショールームと平行に数室に区切られたブースの一室。いつもどおり、顧客をソファーに座らせて、自分はオフィス・チェアに身を沈めた。受け取ったばかりの箱から、チョコレートの包みをひとつ取り出して、金色のコインをひとつ、箱についているスロットに落とす。デスクの向こう側から女をじっと見つめた。あなたもおひとついかがですか。男の勧めに、女は首を左右に振る。男の手で、今度は空色の十ドル札がスロットに押し込まれる。チョコレートの包みが五つ、箱から取り出される。

「あと、いくつかな」

箱の隙間をちらりと覗いて、男は首を傾げてみせる。おなじく、女も首を傾げてみせる。

娘が母親とともに西オーストラリアのパースに移ることを告げたシェイマスに、ルチアは慰めの言葉をかけようとして、やめた。するんだったら、言葉以外の会話。ルチアが彼の前で足を組んだ。それには気づかないふりをして、彼は職務としての、顧客を喜ばせるような会話をようやく引きずり出した。

「例の、滞在中の留学生はどうですか?」

「それがね」

思いがけず、ルチアは胸に納めていたことを告白してしまう。今回はひどく疲れる、整理整頓の苦手な子で、家中に彼女のモノが散らかっている、下着や靴下だけでなく、たった一日でも身につけた衣類は、ジーンズだろうがジャケットだろうが必ず洗濯に出す、だから洗濯機も乾燥機も今までになくフル回転、自分がスモーカーだってことを隠していた、そのせいなのか、次男が隠れてタバコを吸っている気配がある、自分の寝室でなく、玄関先で靴を脱ぐのは日本人学生にはよくあることだが、脱いだ靴をそのままにする、それを息子たちまでマネしだした。おかげで玄関先は靴屋、冷蔵庫はヘンな匂いのする飲み物で馬小屋みたい、なんだか、自分の家じゃないみたい。あれこれ行き違いはあっても、彼女のせいではない、ホストマザーである自分の不行き届き、などなど。なるほど、とシェイマスがクククと控えめに笑いながら頷く。まるでカウンセリングか告解にきているみたいだわ、とルチアもフフフと笑った。本人に悪気はないから、余計にやりにくいのよと、さらなる笑い声で話を締めくくった。

「彼女のせいでないなら、あなたのせいでもない」

シェイマスはそのようにきっぱりと言い切ったあと、自分の実家に滞在していた留学生の話をした。僕のところのヨシキは、シャワーが長くて困りました、彼にも悪気はなかったんです、ただ、水が貴重品だなんて、彼には信じられなかったようでして。そこでルチアは毎朝夫のバスタオルを洗濯することを思い出す。それがカレンとは違って、スティーブの自分に対する悪意からの行動のように思われて、静かな怒りに襲われた。内線電話でエンジン・オイルの交換が終わったことが知らされた。あら、早いのね、とルチアは小声で言って、黙り込んだ。彼女の沈黙を尊重するために、シェイマスは行動に出た。

「本日お呼びたてしたのは、お別れのご挨拶をしたかったからです」

カー・ディーラーは顧客のためにドアを開けたかと思うと、廊下に出掛かった彼女の手首を掴んだ。振り返ったルチアの顔が青ざめた。

「妻との離婚が正式に成立しました。これ以上、この都会にいる理由がありません。両親も年ですし、田舎に帰って農家を継ぎます。この街も明日でお別れです」

シェイマスがそうつぶやくのを聞きながら、ルチアはデスクの上に置かれた、チョコレートの箱を見捨てられない宝箱のように見やった。

「……じゃあ、明日、お別れのお食事を一緒にいかが？」

ルチアが一瞬のためらいも見せなかったので、シェイマスも、喜んで、と彼女に覆い被さるようにして即答した。

「カレン、よかったわ、あんなに楽しそう。どこかに連れて行くよりも、こっちが正解だったと思わない？」

ルチアは思わず微笑みながら、裏庭にいるスティーブに話しかけた。

「誘ったじゃないか、ソブリンヒルへ。でも、食いつきが悪かったんだよ」

*

カレンのジュニア・カレッジの友人たちがディクソン家での「オージー・BBQパーティー」にやってきたのは、土曜日の夕食時のこと。アンガスは友だちの家へ泊まりに行った。メイソンはゾーイ宅で夕食をすませてから、このあと二人で連れだってカレンたちを迎えにくる予定。七人乗りのルチアの四駆を貸してくれと頼まれたところからすると、若者たちが大好きな夜のお遊びに繰り出すのだろう。スティーブは数年ぶりに庭のBBQグリルを掃除、いまはその前に立っている。エプロン姿で片手にビール、もう片手でソーセージやステーキ肉を並べ、こちらも数年ぶりにオージー・ハズバンドを演出中。似合わない、と夫の姿にルチアは薄笑いを浮かべる。留学生を預かると、自分たちをオーストラリア人に仕立て上げるのはいつものことだが、ルチアとスティーブにとっては自意識の隠れ蓑のようなものである。あなたが「Ｇ’Ｄａｙ《グダイ》」なんてやりすぎよ、とルチアは揚げ足を取り、きみが「パブロバ」を焼くなんて白々しい、とスティーブもやり返す。しかし、このときだけは、オーストラリア人というカモフラージュの恩恵にあずかることで、共犯者のような後ろめたい絆で結ばれていることを、夫婦はそれぞれに認めずにはいられない。

　この日も、即席オージー・ハズバンドは「Ｇ’Ｄａｙ」と外国からきた客人たちに陽気に挨拶し（陰気で無愛想なオージー・ハズバンドなど、存在しない）、その妻は甲斐甲斐しく、オーストラリア名物のメレンゲ菓子「パブロバ」を焼いた（これを自宅で焼く主婦は、「タスマニアン・デビル」同様、オーストラリアの絶滅危惧種といってよい）。このように、ふたりが共有している風景だけが中立の場所となることに、夫と妻はあきらめに似た心境で同意していた。しかし、ただいまに限っては、その風景は、夫婦どちらのものでもない、別の中立の国に侵略されつつあった。

女子学生たちは、グリルの前にいるスティーブを取り囲み、最初は彼の手前、客人らしくふるまい、英語で会話していた。ところがアルコールが回ってくると、きゅうくつな服を脱ぎ捨てるかのごとく外国語を意識の隅へ追いやり、自由自在に操れる母国語に切り替えた。いまは、キッチンからは死角となる裏庭のパゴラで、蛮族のごとくかしましく騒ぎつつある。このように言葉が変わると人格まで変わる現象は、彼の妻とて同じ、英語で話す妻とイタリア語で話す妻とでは、身振り手振りまで違ってきて（イタリア人は手で会話するというのは本当だと彼は思う）、まるで別人だというのが夫の意見。

スティーブは愛想笑いと冗談をまじえた軽口で学生たちをあしらっていたが、グリルですべての肉を焼き終えると、異国語の暴走ぶりに完全に追討されて白旗を揚げる前に、エプロン姿のままキッチンへ退散してきた。カウンターにサラダを並べていたルチアに向かって、おい、未成年にアルコールを出してよかったのかと耳打ちする。

「ああみえて、みんな成人よ」

ルチアがそう平然と答えたので、スティーブはそれまでの無関心をさらけだしたような気まずさから口をつぐんだ。そして、怒ったように、どうして彼女たちは英語で話さないんだ、いったいここに何をしに来たんだ、と渋い顔をした。

「だって、日本人同士だもの、日本語で喋って当然でしょ。あなただって、英語以外の言葉で、友だちとあんなふうに楽しく盛り上がれるわけ？」

そんなことはわかってるさ、だけど不愉快なんだよ、と妻の簡素で余白の多い言葉につけ込むようにして、スティーブは執拗に追及した。

「不愉快」

ルチアはそう相手の言葉を繰り返すと、サラダボールから顔を上げた。感情を表す一言は直感で理解できる。そこで彼女は深く考えることなしに直球で返した。あなたは不愉快かもしれないけれど、彼女たちは愉快そうよ、と。

「迷惑なんだよ。それに、彼女たちは努力が足りないんじゃないか」

「迷惑」

またもやルチアはスティーブの言葉を繰り返した。今度は、その言葉の意味を、ゆっくりと吟味するために。抽象で判断する一言となると、直感で理解できるほど単純ではない。そこで彼女はしごく慎重に言葉を、それも相手にとって身近で、かつ、正確なものを、なるべく選んだ。あなたのいう迷惑って何？　努力が足りない？　あなたは日本語で生活したり、学校に行ったりできるわけ？　ホームステイさせるんだったら、英語が苦手に話せて不機嫌な子よりも、英語が苦手でもハッピーでいてくれる子の方がダンゼンいいと思わない？　あと少しなんだし、カレンにはうちで最後まで楽しく過ごして貰いたいじゃないの、ここにくるための費用だって、彼女のご両親が汗水垂らして働いたお金なんでしょうし。ルチアは金銭に関することに恥じらうことなく率直に触れたあと、ふさがっていた両手のかわりに、庭のグリルの方を顎でしゃくった。妻の、顎でしゃくる動作も気に障ったが、彼女の締めくくりの一言がスティーブには気に入らなかった。

「汗水垂らして働いたお金《ハード・アーンド・マニー》」

今度は彼が彼女の言葉を繰り返した。月々、4WDクラブのつきあいや、個人的な用途、または、思わぬ出費にそなえて、妻には生活費とは別に、それ相当のこづかいを手渡している。その金で、洋服や化粧品を買うかわりに、病院のチャリティー用のチョコレートをまとめて買ったり、どこかのあやしげな団体に――彼女によるとホームレスのためのシェルターだという――差し入れしたりするのは、いかなる了見か。いったい、何のための金だと思っているのだろう？　妻はこの自分のことをただの守銭奴か吝嗇家だと思っているに違いない。起業家である自分が稼ぐ金など濡れ手に粟とでも思っているのだろうか？　このおれが努力していないとでも⁉　しかし、そこには、修道女の経営する学校で少女時代をすごした女たちの十八番、「清貧」の一言が裏書きしてあるにちがいない。スティーブは、またもや最も慣れ親しんだ人からの不意の平手打ちをくらった気分になって手も足も出なくなり、不可侵の祭壇を前にして、にわかに怯んだ。しかしすぐに体勢を立てなおす。

「ここはおれの家だ、主人のわからない言葉で話すなんて失礼だ、きみにはわからないんだ、おれの気持ちが」

スティーブは妻の実家での、理解できない者には策略か陰謀を企てているようにしか聞こえない異国語での会話を思い出して、そう悪態をついた。ルチアはかっとなって夫を振り返った。私は自分の最も得意で、最も心安まる言葉で夫を攻撃していたというのか。そして二十年前、スティーブの父親と初めて会ったときのことを思い出して、唇を噛んだ。息子から「ルチア・フェラーリさん」と紹介された若い女を一目見て、父親が息子にこう耳打ちするのを聞いた。「この娘さんは英語が話せるのか？」

「でも、だからって、なんてこと言うのよ、そんなだから」

ルチアはその先のとりかえしのつかない危機を本能的に感じ取ると、つづきを言いかけてやめた。成人して社会に出て、世間にカテゴライズされるまで、学校でも家庭でも、自分がマイノリティーではあっても、インフェリアー《劣性》だとは感じたことがなかった彼女は愕然とした。

なんだよ言いたいことがあるなら言えよ、とスティーブが拗ねたような目でルチアを見返した。これじゃ、きみの実家と同じじゃないか、君らもカレンと同じで、いつまでたっても、なにをやってもいつまでも自己流、それとも一族を増やして、得意の人海戦術といくか？　それを聞くと、ルチアは数秒のあいだ、首を傾げ、祖母のレシピを寸分違えず守ることが美徳となっている、毎年恒例のトマトソース作りを思い浮かべながら、スティーブをじっと見つめた。

「そうね、あなたにしたら、さぞ不愉快だったでしょうね、今まで気がつかなくってごめんなさい」

妻は素直にそう謝った。そして、続けた。

「だけど、さっきからあなた、この国に何をしに来たんだって言ってるけれど、カレンたちは親御さんのお金で勉強しに来ているとはいえ、それなりに辛いこともあるんじゃないの？　そこのところは、戦争孤児になって、たったひとりで連れてこられたあなたのお父さんとか、代理結婚《プロキシー・マリッジ》でやってきたうちのノンナだって、みんな同じはずよ。しかもあの時代の人は身一つで来たのよ、それも飛行機じゃなくて船で。船よ、船」

先に、ルチアがすんなりと謝ったことに、スティーブは気抜けしてしまった。多勢に無勢が基本のこの国で、自己主張を棍棒のように振り回したり、汚い言葉で噛みつくこともなく、「ごめんなさい」とごくシンプルに、素直に謝りの言葉を発する女など、どこをどう探せば見つかるというのか。さらに、その女性らしい憐れみの言葉に慰められもした。しかし、その憐れみは、彼女の場合、彼だけにではなく、全人類に向けて発せられていることも彼は忘れてはいなかった。そのうえ、彼女の理に適った反撃を耳にしても、時代も違えば国も文化も人種も違う、この国でゲストとして迎えられ甘やかされた学生と、この国のために否応なしに尽力させられた父親と、この国に渡るために代理結婚を選んだ妻の祖母が、彼女の言うように「みんな同じ」だとは到底考えられなかった。じゃ、きみも、きみの大事なノンナに訊くんだな、そうやって身一つだの、船だのにこだわっていて、いつまでたってもこの国の人間になれないなんて、哀れなだけさ。夫の言葉に、ルチアは大声で叫んだ。

「この国の人間になりたくて来たんじゃないわ！　幸せになりたかったのよ！」

黙り込んだスティーブの脇をすり抜け、ルチアはシンクで乱暴に手を洗った。

そして、深呼吸をすると、じゃ、あとはおねがいね、と彼を振り返った。

「どこへ行く？」

「今朝、言ったじゃないの、４ＷＤのメンバーと食事に行くって。今夜しか都合がつかなかったって、それも言ったわよ」

「そんなこと聞いてないぞ」

「そうね、あなたは私の話なんて聞いてないわ、スティーヴィー坊や」

「なんで、よりによって今夜なんだよ⁉　このあと、おれひとりで、彼女たちの相手をしろっていうのか⁉　そんなに４ＷＤクラブが大事か？」

「あのマダムたちとはうまくやってくれって、あなたが言ったんじゃないの、忘れたの？　それに、カレンたちのことは、会社のクライアントだと思えば、あなたでもうまくやれるでしょ」

お金があなたの神様、と言いかけてルチアはやめた。この人はなんでもお金で始末をつけたがる人だけれど、お金に関すること以外でも律儀で几帳面であることには変わりない。家庭に関することでも、世間でよくみかける、なにかにつけて仕事を免罪符がわりにしたり、多忙で恩赦を要求するような、そんな男ではない。子育てにしろ、共働きの上に、おたがいの実家をあてにできなかったので、一般的な「オージー・ハズバンド」以上によく手伝ってくれたと、そこはルチアも認めていた。それに、いまのこんな暮らしができるのは、ひとえに彼のおかげなのだ。

カナリアの美しいさえずりを忘れてはいけない、とルチアは自分にきつく言い聞かせて、スティーブに横顔を見せたまま、髪に指を滑らせた。それがいつもより艶があることに気がついて、スティーブは妻にじっと見入った。無地のブラウス。洗いざらしのスキニー・ジーンズ。イミテーション・パールのネックレス。

4WDクラブ用の装いではないことは一目瞭然である。ブラウスの薄物の下で気怠そうに上下する乳房と、細身のデニムにぴったりと包まれた太腿や腰のくびれに目をやるとスティーブは欲情した。

妻には生まれもっての貞節があって、他の男との浮気など絶対にあり得ないとわかっているのをいいことに、他の女とこれみよがしに関係したこともあった。しかし自分から裸になるような女たちは彼には興ざめで、闇のなかでさえも恥じらいを隠しきれず、体じゅうの小さな裂け目から小さなため息を漏らし、緊張をといて痺れたような陶酔の表情をみせる妻との行為とは比べようがなかった。一方、妻を抱いているあいだじゅう、彼女のことをひとりじめしているという感覚や喜びはついぞ湧いてこないのだった。こんなふうに自分に身をまかせておきながら、その心は他の誰か、たとえばトマトソースのにおいのする誰か、もしくは、ロザリオの祈りを唱える誰かに抱かれているのではないかと。それが夫の自分だけではなく、何人《なんぴと》にも溶けていかない人間の孤独な魂であることに気づかないまま。そうして、他の女との見せしめの関係を終えるたび、彼女が取り乱すとか悲嘆にくれていたりしていたら、まだよかったのにとひどく後悔することの繰り返し。そのあとは妻の超然とした態度に屈するしかなかった。

しかしそのような情欲の種火も、彼女の左手の薬指の空白で、一瞬にして煙と化した。夫に見られていることに気づいたルチアは、ランドリーのドアの前まで行くと、赤いハイヒールに履き替えた。スティーブがギョッとした表情になり、ルチアを咎めるように見た。

「人の話を聞かないのは、きみも同じだろ」

「そうね」

さっきから「そうね」「そうね」「そうね」、ばっかりだな、とスティーノが皮肉を込めてルチアを一瞥すると、ルチアは、あなたに向かって、ほかにどう返事しろというの、と困り顔で答え、あなたの車をお借りするわねと低い声になり、車のキーを掴むと、カレンたちに向かって「Ｊａｈ《ジャ》　Ｍａｔｔａ《マタ》！」と手を振った。

「ルチア、日本語じょーず！」

陽気な若い女たちが、キャアキャア騒ぎながら、手を振りかえしてきた。なんだそれ、と苛立ちあきれかえっている夫に気づかないふりをして、ルチア車に向かった。

＊

「一度食べてみたかったの、これ」

指先についたソースを嘗めながら、ルチアは上目遣いになった。彼女は本当に久しぶりにくつろいで、食べたいものを食べたいだけ食べ、飲みたいものを飲みたいだけ飲み、すっかり満足だった。満腹になったあとは、自宅に残してきた夫と留学生たちのことなど、まったく気に掛からなくなった。人は足ることを知れば、それ以上知ることをやめるものである。田舎に帰ったらこれは食べられないですね、美味しかった、とシェイマスは両手を顎の下で組み、ルチアに向かって顔を近づけながら答える。店頭では丸太のようなケバブが、肉汁と脂を滴らせながらゆっくりと回っている。体格の良い若い男性の店員が、テイクアウェイ客の目前で、大型ナイフを使ってその表面を薄く削いでいた。スティーブはこういうのきっとダメね、とルチアは小さな息をついた。

「彼もケバブにしたら美味しそうだ」

　店員の脇を通り抜けながら、支払いを済ませたシェイマスが小声でルチアに耳打ちすると、ルチアは肩をすくめて笑った。

「私が誘ったのに」

「僕のほうこそ楽しませてもらっています。僕ひとりだと、こんな店には入らないですから」

　路上の駐車場までくると、シェイマスはルチアの車を探してあたりを見渡した。ルチアは車のキーをポケットに突っ込んで目を伏せた。今日は、夫の車なの、私のトヨタは今夜は息子が使ってて、留学生たちを遊びに連れて行くんですって、と彼女は率直に告げ、夫の車を指さした。

　やはりヨーロッパ車だな、停まっているだけで「メルセデス」だ、根強いファンもいるし、そういったお客は初めから、「メルセデスが欲しい」とはっきりしたもんです、とシェイマスは両手をジーンズのポケットに突っ込んで、車に近づくとそのまわりを一回りした。

「でも、農家の人間が乗る車じゃない」

そうね、とルチアは頷いた。このときは相手の心によりそうことが無上の喜びに感じられた。

「カレンが、日本じゃ、私の四駆みたいに大きな車はジャマだっていうのよ。駐車しにくいし、置き場所がないって」

「日本車なのに日本ではジャマなんですか」

自分の国で邪魔者扱いされるなんて、かわいそうなヤツだな、とシェイマスがつぶやいて、メルセデスのドアにもたれかかっていたルチアの前まで来た。ルチアは、じゃあ、私もかわいそうなヤツだわとひとりごちた。なんだか元気がありませんね、とシェイマスが彼女の顔をのぞきこみながら不安そうにしたので、ルチアは無理矢理明るい声を出した。

「あなたの田舎ってどんなところ?」

自分の声色が、カレンのあのヒステリックな笑い声と、なんとなく似ているとルチアはふと思った。

男はさらにもう一歩女に近づいた。

「僕の家は、羊中心なものですから、子どものころから、自分は羊農家の子、そして自分のまわりに広がるあの風景がどこまでも続いているのだと、なんの疑問もなく信じてきました」

彼は続けた。土は赤くて、農地は今の季節だと、キャノーラ、ルーピン、小麦。羊が人より多いっていうのは本当ですよ。それからケルピー犬もあちこちで見かけます、ケルピーじゃなかったら、ブルーヒーラーかボーダーコリー。牧羊犬はその種類と決まっているんです。牧草地の向こうには、デザート・ワイン用の糖度の高い葡萄畑が広がっています。雨が降らないので、どこの畑でもマレー川から水を引いています。木はガムツリー《ユーカリ》、カンガルーとワラビー、空飛ぶ鳥はガラー《モモイロインコ》……、赤ん坊も死人も六十キロ先の町の病院からやってきて、結婚式も葬式も町でたったひとつのアングリカン・チャーチでやる、例外はほとんどありません。あそこでは、人にもパターンがある。だけど、ここでは人にパターンなど許されない。違っていることはあたりまえで、自分と同じ人間などいないと、自分で証明してみせなければいけない。

「ここではあたりまえのことが、僕にはとてもできそうにない」

シェイマスはそうつぶやきながら、その手はルチアの頬に触れた。ここにも、人のパターンはあるわと、ルチアは息をのんで、自分の漆黒の髪に触れた。たとえば、私は立っているだけでイタリア系、子どものときは、学校でランチボックスを広げると、いつも誰かが覗き込んだわ。プロシュート《生ハム》のサンドイッチなんて、今なら贅沢よね？　覗き込まない子は私と同じイタリア系、うちのデリにもよくお母さんとやってくる子、だけど、友だちなんかじゃない。ウサギ小屋の掃除当番をサボるから。掃除当番をいつも手伝ってくれるのは、ハンガリーからやって来たばかりの子。彼女とは友だち、でもあとで英語がわかるようになると、私のことをイタ公って呼び始めた。それでもよかったわ、私の通った学校には、ランチボックスを覗き込まない子で、掃除当番で一緒にならない子がほかにもいっぱいいたから。……まあ、時代も変わったものね。息子たちなんて「ディクソン」よりも「フェラーリ」の方がクールだって言うくらい、とルチアが小さく笑うと、僕も「フェラーリ」の方がいいな、あれはいい車だ、それに、あなたの子ども時代が僕には羨ましいですね、努力しなくても、すぐに自分が何者かわかってもらえるなんて、僕は、ここでは、ただの田舎者です、これといった特徴も特技もありません、とシェイマスが笑う。

「もしかしたら、あなたのご主人は、僕と同じなんじゃありませんか？　だから、立っているだけで誰だかわかるあなたのことが欲しくてたまらなかったんだ、メルセデス目当てのお客みたいにね。いや、フェラーリ目当てかな？　まあ、いずれにしろ少々気の毒にも思います、調子のいいときは「丈夫なヨーロッパ車」ですが、少しでも故障を起こすと「丈夫なヨーロッパ車のはずなのに」。まるで、飼い犬にかみつかれたような気分にさせられたりしてね。僕だって、所詮、妻とは他人なんだから、理想や憧れだけで一緒にいられないとはわかっていたのに。しかし、おかしなものですね。人は自分にはないものを相手に求めてしまうというのは。それならせめて、おたがいにないものを補いあえたら良かった……。もう遅いですがね」

言葉尻を消え入らせて、シェイマスは自嘲するように小さく笑った。この人、まだ奥さんに未練があるんじゃないの、とルチアは泣きだしそうになった。しかし、それを押し隠して、何人《なにじん》でもないなんて素敵、でも私にはあなたは自分がただの田舎者だってことを自慢しているように聞こえちゃうけれど？　ただの田舎者はどんな車に乗るの？　乗ってみたいわ、と男の胸に顔を押しつけた。いつになく大胆な自分自身に驚いたり戦いたりしながら。シェイマスが、向い側の路上に停めてあった小型トラックを指さす。その場でリモコンを操作するとドアのロックをはずし、助手席にルチアを招き入れ、自分は運転席に座った。ドアが閉じられたとたん、手が手に伸び、腕が腕を掴み、顔と顔が近づき、髪と髪が触れ、息と息が速くなった。指と指がたがいの感覚をまさぐりあって、肌と肌が、それぞれのぬくもりを伝えようとして、狂おしくせめぎあった。

「あなたのご主人が羨ましいな。あなたみたいな人が奥さんだと、好きにさせてもらえる。仕事も遊びも。なにをやっても、きっと許してくれる。母親みたいにね」

「あの人は、ものすごくわがままで、強引で、自分の思い通りにやらないと気の済まない人なの。そのくせ、ひどく傷つきやすくて、まるで子どもみたい」

ルチアが夫の欠点を美点のように並べ立てたので、シェイマスは思いがけず、その場にいない人物に激しく嫉妬した。

「僕だって、ときには、わがままで強引で自分の思い通りにやらないと気が済まない」

暗闇の中で、男の眼差しが狩りの目つきになった。そしてシェイマスの唇に応えた瞬間、ルチアは思った。これまでの夫との二十年はなんだったのか。自分の若さと情熱をすべて注ぎ込んだひとりの男は、いまとなっては自分自身でもあり、こうして別の男に触れられているだけで、自分の手足がもがれたような気がしてくるのだった。自らすすんで迎え入れた他者に自らを開け渡し、かしずき、肌をすり寄せることによって彼女は彼になった。歳月は、そのようにルチアという女を成熟させた。身を堅くしたルチアに気づいたシェイマスは彼女の首筋から唇をはなした。だめだな、あなたは、と小さく首を横に振る。

「あなたはこういうことに向かない。僕もはじめからわかっていたのに、ついつい」

ついつい、と言われて、ルチアは我に返った。そそくさとブラウスの襟を両手で整え、髪をなおすと、運転席のシェイマスに向き直った。ああ、そのほうがいい、そうしているほうが、とシェイマスはルチアに見惚れたようになって、対向車のライトを反射して輝いた彼女の片側の頬に友情のキスを降らせた。

「まいったな、ご主人にはかなわない」

かわいそうな人なの、とルチアが答えると、シェイマスは暗闇のなかで、かわいそうなんですかと、せつない表情をみせた。娘をのぞいた夫婦の共有財産、つまり不動産から家具からカーペットの一枚に至るまで「平等に二等分」することを目的に、離婚調停で醜く争ったあとでは、シェイマスは別れた妻に対して哀れみはまったくといっていいほど覚えなかった。いまや、元夫は元妻にとって、元妻は元夫にとって鬼同然であった。そんな自分の前で、こんなにも妻に情けをかけられて、浮気現場にまで見えない姿を現すルチアの夫。「ものすごくわがままで、強引で、自分の思い通りにやらないと気の済まない」加えて「そのくせ、ひどく傷つきやすくて、まるで子どもみたい」な彼が、救いようのないくらい不器用でいて、とてつもなく人間臭く、さらには愛すべき存在のようにシェイマスには感じられた。

「今夜、僕はこのまま、あなたを田舎につれてかえるつもりでいました」

シェイマスはそう小声でルチアに告げると、トラックの荷台に目をやった。ボストンバッグや段ボール箱が持ち主の性格に従って、行儀良くその場を埋め尽くしていた。

「それで、たくさん子どもを作って。男の子が欲しいな。女の子ももちろんいいですが、農家は基本的に家族経営ですから、いまもむかしも男の子を喜ぶんです、働き手になるし、いずれは兄弟力をあわせて、家業を継いでくれる」

ルチアは内陸の羊農家に嫁いで、一ダースほどの男の子の母親になっている自分を想像した。それは至極彼女の気に入った。そのような人生もあった――、そのような、そのような、自分に行動も価値観も信条もよく似ていて、自分を保護してくれ、居心地よくするために細心の注意を払う男、長い間をかけて網の目のような愛情の鎖を周囲に張り巡らし、女に安らぎの場を提供してくれる男、服従する喜びを与えてくれる男――、そのような、そのような、おそらく幸福と呼べる人生、心の安住地――、とひらめいたとたん、どうしていま目の前にいるこのような男と一緒にならなかったのかと、両方の目から涙がこぼれ落ちた。だけど、似たもの夫婦なんて相手のことなど愛していない。彼らが本当に愛しているのは、限りなく自分に似た誰か、つまるところ、自分自身だ。だったら、この人と一緒になったら、はじめからカナリア。それも、カナリアしか知らないカナリア。自分が鳥であることさえ知らず、羽ばたくことよりも、美しくさえずることしかできないカナリアだ。ルチアは「グッド・ラック」を自分の唇から相手の唇に押しつけると、助手席から飛び降りて、霧雨に濡れて光るアスファルトの夜道を駆け出した。

＊

「馬小屋茶」がカウンターにあるのがまっさきに目に付いた。その背高のプラスティックの容器のまわりには、カトラリーをのせたままの汚れた皿とワイングラス、ラップを半分ずらしたサラダボール、パブロバを作るときに使ったガラスのレモン絞り器には果汁がたまったまま。食器棚をオーダーメイドしたときに同じ素材で作らせたまな板の上には、バーベキュー用の特大トング、肉切り用のカービング・ナイフとフォークの一組が肉汁と脂の塊にまみれている。その夜、難を逃れたのは、ガス台の前の板状マグネットに貼られた大小様々の包丁、壁タイルのフックに提げられたフライ返し、レイドル、ポテトマッシャー。カウンターの片隅には、電気ケトルの後ろに身を隠すようにしているパスタマシーン。天井のダウンライトはすべてつけっぱなし。

ルチアはシンクの前でブラウスの袖を捲った。物事を始める前から襲ってくる倦怠感。死ぬまでに、あと何枚の皿を洗うのだろう。物事を終える前から襲ってくる絶望感。あと何枚の皿を洗えば、死ねるのだろう。蛇口のレバーをあげて、排水溝に流れていく水をしばし眺める。すべてお流れ。意志など必要ない、意志など持つと気が狂う。

「わりに早かったんだな」

スティーブが現れた。金髪は濡れて濃い褐色にかわり、手にバスタオルを持っている。肉のにおいがついたので、シャワーを浴びたと彼は言い、周囲だけでなく本人も似合うと自覚しているクルージング・パーティー用のオフ・ホワイト一色のなりをしている。どこかへ出かけるのかとルチアがきくと、飲みに行ってくる、とうつむいて答え、ランドリーの入り口に立つとバスタオルを洗濯籠にむかって叩きつけるように放り投げた。スティーブは妻に嘘をつくことは許せても、妻に嘘をつかれることは許せなかった。同様に、自分が他の女と浮気することは許せても、妻が他の男と浮気することは、断じて許せなかった。バスタオルの落ちる音に、ルチアが金切り声を上げた。夫は、愕然として妻を見た。ここをどこだと思っているの、毎日毎日、バスタオルを洗わせないでと、ルチアは低くうめくような声で訴えはじめた。

「干ばつって言葉をご存じ？　あなたも、かりそめにもオージーなら、当然ご存じだと思うけれど？　まさかとは思うけれど、それって、もしかしてイギリスの伝統？　それとも、ブルジョワならではの習慣？　いつもみたいに「金で解決のつかないことはない」なんて言わないで！」

ルチアはそうスティーブに詰め寄りながら、自分はこの男のいったいどこに惹かれたのかと、記憶を掘り起こしたり、いじくり回したりすることをやめられなかった。しかし、妻の長所短所を箇条書きにできる夫とは違い、それこそ雲の形のように思い浮かべようとしても、形らしいものはひとつとして掴めない。だが、たったいまに限っては、国のどまんなかは砂漠で、数年に一度は干ばつと、それに伴う森林火災が起きる土壌と知っていながら、毎日バスタオルを洗濯に出すというスティーブの悪癖に縁取られて、それは漆黒の雷雲となって彼女の頭上に垂れ込めた。スティーブはランドリーの洗濯籠に駆け寄ると、ピンク色のブラをつまみ上げる。

「じゃ、これは何だ⁉ これは許されるっていうのか！ カレンだって毎日洗濯させるじゃないか！ なんでも金で解決するのはおれじゃなくて、ホームステイ代を払って、自分の好きなときにホストに洗濯させるゲストのほうじゃないのか？ ゲストには許されて、夫には許されないとでもいうのか！ イタリア人ってやつは、なによりも家族を大事にするっていつもきみは自慢するくせに！ それなのに、おれは、二十年近くも一つ屋根の下で暮らしてきたこのおれは、きみの家族じゃないのか⁉ おれはきみの一体なんなんだ⁉」

「じゃああなたに、聞くわ。大英帝国の子孫って、今になっても、どこでも自分たちが王様じゃなきゃ気が済まない種族？ ここはもう英国の植民地じゃないわよ！ いつまで女王様のお膝元のつもり？ あなたみたいな人たちは、ウン十年前には「最優先の移民」だったらしいけれど、いまだに頭《ず》が高いのよ！ そうじゃなきゃ、さっきみたいに、カレンや彼女のお友だちのことをあんなふうに言うなんてあり得ないわ！」

「最適合《ライト・タイプ》の移民だかなんだか知らないが、親父もおれも歓迎された覚えはない。

それに日本人だろうがインド人だろうがアフリカ人だろうが、正式なビザを取って、きちんと税金を納めないうちは、ただのビジターじゃないか。ビジターでも、最低限のルールは守るべきだろう？　あいつらは、文化や習慣は、その国のルールだってことも知らないのか？」

「歓迎された覚えはない」という夫の言葉に、ルチアはとまどった。この国で歓迎される人というのはどんな人間なのか。正式なビザがあり、かつ納税という義務を果たしている人間なのか。それとも、文化や習慣という社会的ルールを守る人間なのか。または、それらをすべてクリアした、あらゆる意味で目障りでない人間なのか。そして、目障りでない人間とは、この国で生まれ育った者だけを、最も優れている者として格上げするような、黒子にも似た人たちのことなのか。そういった人間は、どんな種類なのか。どこから来たのか。ここで生まれ育ち、国籍と選挙権も持ちながら、歓迎されたためしのないスティーブや私のような移民の子孫は、もともとどこから来たのか、そして、どこへ行くのか？　歓迎された覚えのない人間が、この先、誰かを歓迎することがあるのか？　ルチアの沈黙を、スティーブは了承と取った。

「古顔のきみたちだって似たようなもんじゃないか、自分たちはマイノリティーだと哀れっぽく叫びながら、本当は希少価値の優越感に浸っているんじゃないのか？　なにかあると差別だのなんだのと逆手に取って、おれたちが手も足も出せないことをわかっていて、逆差別じゃないか！　それに、アボリジニはもともといたから別として、イギリス人なりアイルランド人がこの国の基礎を作って、ここまでにしたんじゃないか！　イギリス系だって移民だってことを忘れるな！」

スティーブはさらに追い打ちをかけるようにルチアにせまった。

「おれの親父をみろ！　口減らしのために船でここに連れてこられて、働かされるだけ働かされて、学校にもロクに通わせてもらえなかったんだぞ。そりゃ、神様なんて信じられなくなって当然さ！　たった十ポンドの船賃でやってきて、一年後には市民権がもらえたなんていう、そこらへんの「十ポンドのポム」と同じにするな！」

あなたのことをポムだなんて思ったこともないわ、とルチアは傷つけられた者特有の高飛車な口調で言い返す。

「それに、私から見れば、あなたはどこへ行こうがホーム試合を強行する人で、アウェイの試合なんてしたこともない、自分たちのサポーターに取り囲まれているエゴイストよ！」

　ホームだのアウェイだのと言われて、自分のホームグラウンドは一体どこなのかとスティーブは自問した。――おれに故郷《ホーム》などない。そんなものいらない。帰る家《ホーム》さえあれば。ルチアの怒声がスティーブの沈黙に重なった。

「ノンノの弟なんて、こっちに来てノンノの店を手伝いたかったのに、なんの理由もなしに、移民局が上陸を許可しなかった。たくさんの書類を書かされて、意地悪としかいいようのない英語のテストまでした挙げ句に！　あなたは、昔の移民局みたいなものよ。自分の好きな人間だけとつきあって、他は人間扱いしないんだから」

「昔の移民局か。なんとでも言うがいい。きみも知っての通り、差別にも逆差別にも縁のなかった幸せなやつらに限って、オージー、オージーって若い頃は自負するもんさ。ところが、歳をとって先が見えたとたんに、自分が本当はどこから来たのか気になってしかたなくなる。それまで、きみたちの言う罪深いことをさんざんやってきたうえに、ニセモノのＩＤカードじゃ、天国には入れてもらえないかもしれないと不安になるんじゃないのか？　聞けば、年寄りの懐古趣味が高じて、わざわざ、一世紀前の乗船名簿をめくりに行くのもいるっていうじゃないか。ご苦労なこった！　で、自分のことはイングリッシュだと信じていたのに、スコティッシュだとわかって、それまでのイギリス贔屓から手のひらを返したようにスコットランド贔屓に変わるのもいれば、自分の家系にユダヤの血が混ざっていたことが判明して、愕然とするのもいるとか」

　スティーブは低い声で笑った。そして、挑むようにルチアをじっと見つめた。ルチアはなにも言い返せないでいた。こんな話がしたかったんじゃない、これは、おたがいの首根っこを押さえつけるために、でっちあげた昔ばなしなのだ。おたがい、根っこなんてないくせに。こんな話をするために、したくもない話をするために、この二十年一緒にいたのか。本当にしたい話、本当に聞きたい話は、してはいけない話なのか。夫婦として結ばれ《tie the knot》るというのはこういうことだったのか。おたがいが結び目として凝り固まり、張り詰めた糸でつながっているということなのか。ルチアは身体をすくめ、小刻みにふるわせた。

「こんな性根の悪いおれと一緒になったのは、きみにしたら慈善事業みたいなものだったんだろう。それで、徳を積もうって魂胆だったのか」

　そう皮肉たっぷりにつぶやきながら、スティーブは、妻に向けて語る自分の口調に、留学生を預かるたびに「オーストラリア人」を夫婦揃って演じるときに感じる、あの共犯意識がある種の悲哀とともに立ち上ってくるのを感じた。彼女も自分も、不幸せな時代の落胤なのだ、良くも悪くも、自分たちは同志なのだ。そして、ルチアが口を開くより先に、スティーブは苦しげに続けた。意地悪と軽蔑という燃料は、愛憎によって再燃する。

「だいたい、神頼みなんていうのは、頭の回らない、努力もしない人間のやることじゃないのか？　「汗水垂らして働いた金」で解決してなにが悪い？　なにかあったら、マリア様に頼りきりのきみなんかより、おれの方が現実的に対処していると思うね！」

　ルチアはカウンターから「ムギ・チャ」の容器をひっつかむと、夫に投げつけた。オフ・ホワイト一色の服に、「馬の小便」が世界地図のように散乱した。

「おい！　この染み、どうしてくれるんだ!?　ここは馬小屋じゃないぞ！」

「染み？　それも「汗水垂らして働いた金」で解決すれば？　ハイ・ストリート

にとてもいいドライクリーニングができたって、4WDクラブでだれかが言っていたわ。接客も気持ちがいいし、仕上がりも最高だって。ワイシャツについた口紅なんかも、とても丁寧に、跡形もなく落としてくれるらしいの。その馬の小便もきれいにしてくれるんじゃないかしら？　たしか、日本人の経営だとか言ってたかしら？　でも、料金はふつうの倍ですって。サービスも技術もお金次第ってわけね。あなたにはうってつけの店のはずだわ」

今度は、ルチアがスティーブを挑戦的に見つめた。

「……馬小屋ねぇ。頭の回らない、努力もしない私が頼りきりのマリア様《アワ・レイディ》は馬小屋で子どもを産んだの、それくらい、信心のないあなたでも、さすがにご存じでしょ？　お金があなたの神様かもしれないけれど」

スティーブが烈火のごとく怒り出すと同時に、床に転がった容器をルチアはハイヒールのつま先で思い切り蹴飛ばした。不機嫌の形を探し当てた今、これまでのうっぷんを晴らすかのように。騒動に便乗して、この数週間のあいだに溜まっていた留学生に対する不満も爆発した。我慢ともてなしは別物という明確な考えがルチアの脳裏によぎったが、馬小屋の匂いに吐き気がしてきた時点で、彼女の判断力は雲散霧消した。

「ここは私の家よ！　あの子の家じゃないわ！　私にはもうここしかないんだから！」

そう叫びながら、ルチアはハイヒールを脱ぐと壁に投げつけた。妻のふるまいのあまりの激しさに、夫はたじろいだ。しかし、不思議なことに、スティーブはいままでになく取り乱していて、自分でも収拾が付かなくなっているルチアの姿を、この数年、彼を悩ましていた緑色の目をした感情の化け物の姿を、いつまでも眺めていたいと思ったのだった。

「あなたなんか、ただのクソ男よ！　ビ＊チとやってりゃいいんだわ！　あなたに必要なのは、お金であなたのいいなりになる、サービス満点のビ＊チよ！」

妻から次男そっくりの口調で暴言の不意打ちをくらって、スティーブのたったいま凍てついたはずの怒りの感情はふたたび沸騰した。スティーブはルチアの腕を乱暴に掴み、シンクにひきずって行った。そして片手で彼女の頭をそこに押し込んで、蛇口のレバーを上げた。

「育ちがわかるってもんだ、その汚らしい口を洗えッ！」

スティーブが怒鳴り、幼かった息子たちにしたように、流水の下でもがいている彼女の口をこじ開けた。ルチアがスティーブの指に噛みつくと「このビ＊チ！」とスティーブが一瞬手を止めて叫んだ。シンクの底に、泡の立った水と血が蜷局《とぐろ》を巻いた。ルチアもはたと動きをとめた。そして、スローモーションのようにゆっくりと彼を振り返り、コピーキャット《まねっこ》のスティーヴィー坊や、ナーナナナーナー！　ヤーヤヤヤーヤー！　と子どもがするようにからかった。

「あなたこそお里が知れるってもんよ」

ルチアがスティーブを憎悪の炎を燃えさからせた眼差しで睨み付けた。スティーブはルチアから体を離すと、冷蔵庫からトマトソースの瓶を取り出して、床に投げつけた。赤い液体が放射状に散り、彼の白い服のあちこちに染みをつけた。妻を殺《あや》めた錯覚に襲われつつ、彼女の背後から近づいた。

「今夜、誰と会っていた？」

興奮のままにスティーブが一番訊きたかったことを訊くと、ルチアは4WDクラブでここ最近親しくつきあっている友人の名を上げた。しらばっくれるな、わかってるんだぞ、男か？　というスティーブの問いを待っていたかのように、ルチアは、そうよ、彼とっても優しいの、あなたなんかと大違い、私だって生身の女なのよ、と肯定した。すかさず、スティーブがその男と寝たのかと唇を震わせて尋ねると、その答えによって、夫婦の未来は永遠に変わるという、自然災害の前兆のようなただならぬ気配に迫られて、ルチアはしばし言葉を失った。妻が返事をためらったことになんらかの真実をかぎ取って、夫はさらに大声になった。半狂乱の応酬がつづいたあと、感情の渦中で、夫婦というふたつの岩石が、それぞれの育ちや言語、文化を遠景に浸食をはじめ、たがいの目の前で崩壊し、粉塵となりつつあった。

「寝たのか？」

その粉塵の霧を払いのけ、彼女の輪郭を探しだすかのように、仁王立ちになったスティーブはルチアを見据え、問いただした。「私はあの男と寝たのか？」夫の質問文を自分を主語に据え直して、ルチアはそのように自問した。すると、彼女の脳裏に、黒い紗を纏った修道女たちが飛び出てきた。彼女たちがささやいて回る「ニール《ひざまずけ》」のかけ声とともに、少女のルチアは床についた膝の痛みを、ご褒美にすりかえる。このミサが終われば家で兄と遊ぶことができる、おやつには店のジェラート。買ってもらったばかりの人形と、口いっぱいに広がるラズベリー味の予感にうっとりとなる。膝が痛くなれば痛くなるほど、我慢すればするほど、ご褒美は増す。寝たのか、との夫のふたたびの問いかけにルチアは子どものころの記憶と妄想から引き戻されると、キッチンを飛び出し、ホールを抜け、寝室に飛び込んだ。クローゼットにもぐりこむと、生木のクリスマス・ツリーを据え置くための鉄製の円盤を取り出し、ネコがネズミを追いかけるようにしてやってきて、開いたドアから顔だけひょいと見せた夫に向かって投げた。これが彼のつま先に命中した。スティーブは悲鳴をあげ、部屋に入ってルチアを押しのけると、クローゼットのコートやスーツのむこうにあった大きな段ボール箱に手を伸ばして逆さにし、中身をぶちまけた。陶器製の人形や小物——、東方の三博士たち、聖母マリア、馬小屋に飼い葉桶などのプレゼピオがカーペットの上に散乱した。真っ裸の赤ん坊イエスの局部には、幼かった息子たちのどちらかの手で性器の落書きがなされていた。スティーブは世界一有名なサーガの主役たちにも、幼少時の息子の痕跡にも頓着せず、だれからも忘れられているような地味な脇役を探すのに躍起だった。ベッドの下にそれはいた。スティーブがそこに潜り込んで手を伸ばしている間に、ルチアは駆け出し、キッチンに戻った。彼女が一息つく間もなく鈍い足音がして、彼が現れた。前々から、こいつのことが気の毒で仕方なかったんだよ、この寝取られ男が、と片手に握られた聖母マリアの夫をルチアの前に突きだし、さきほどと同じ質問を繰り返した。

「寝たのか？」

私は夫以外の男にこの手で触れた。夫のヨセフ《ジョセフ》をないがしろにしたマリア《メアリー》。不誠実なマリア。淫売のマリア。ルチアがそう結論すると、さきほどの修道女たちが再びささやきかけてきた。『もし右の手があなたに罪を犯させるならば、それを切り取って投げ捨てなさい。全身が地獄に落ちるよりは、体の一部を失うほうが、ましだからである』。ルチアは板状マグネットについていた真四角の骨切り包丁に手を伸ばす。スープ用のラムやチキンの首の骨を砕くのに重宝している逸品。チキンの首の骨と見紛う左手の親指をカウンターに置く。叙階されたばかりの若い司祭は、そう唱えれば罪は許されると少女に言った。

「ハイル・メアリー《めでたし聖寵満ち満てるマリア》……」ルチアはそう唱えた。そして、間髪いれずそこに刃先を振り下ろした。

＊

肌色に近いピンク。それは仲間うちでは「ホスピタル・ピンク」と呼ばれているもので、病室にいることに気がつくのに時間はかからなかった。ホスピタル、ホスピタル、ホスピタル。ルチアは自分の天職のありかを繰り返し口にした。朦朧とした視界のなかに、よく似ているけれど、まったく別の言葉が彼女の頭上で飛び交った。ホスト（主人役）、ホステージ（人質）、ホスタイリティ（敵意）。ホスト、ホストファミリー、ホームステイ。最後に飛び交ったのは、センチメンタルな慣用句。ホーム、スウィート・ホーム。ルチアは再び瞼を閉じかけると、とつぜんの痛みと吐き気に襲われて目を開けた。

「目が覚めた？　そろそろ、モルヒネが切れるはずだわ」

見覚えのある顔がルチアを覗き込んでいる。

「……久しぶり、アンヤ」

元同僚は血圧計を用意しながらルチアに微笑んだ。長時間の手術を終えて、リカバリー・ルームで何度か目を開けたあと、病室に移ったとのこと。それ以来、なかなか目を覚まさないので、心配していたところだったとも。

「親指は無事付いたってことだし、たぶん、リハビリ次第で元通り動くようになるんじゃないかしら。刃物の傷口ってよくくっつくのよ。チキンの骨と間違って、親指を切ったんですって？　アボカドで大けがをする人はたまにいるけれど？」

包帯で白い丸太のようになった左手を見てから、私、そんなに眠っていたの、とルチアがつぶやくと、丸一日、とうなずいて、耳から聴診器を外し、点滴の液体の袋に油性ペンでしるしをつけた。

「私、てっきり、もう死んだんだと思って」

ルチアは、さきほどから田舎のひなびた香りがつんと鼻をつく方をみやった。

「あいにく、そんなに簡単に死なないものよ、人間って。あなただってよく知ってるでしょ？」

そうね、簡単に死ねる人なんていないわね、とルチアは答えながら、自宅のキッチン・シンクに山積みにしてきた汚れた皿を思い浮かべた。ナースは、痛み止めと一緒に温めた毛布を持ってくると約束して、愛想良く笑いながら病室を出て行った。

ランチタイムにスティーブが現れると、ルチアは寝返って背中をみせ、目を閉じた。

*

「カレンが母さんにさようならを言いたいって」

メイソンがベッドサイドに近づいて、ルチアに言った。その夜は、留学生のお別れパーティーが語学学校で開かれる予定になっていた。パーティー終了後、彼女をふくむジュニアカレッジの学生は翌朝のフライトに向け、そのまま空港近くのホテルまで移動するというスケジュール。パーティー会場に行く途中、メイソンはアンガスとカレンと連れ立って、母親の病室に立ち寄った。スティーブはその日は早朝から内陸の街に出張で、パーティーには間に合いそうにないとのこと。

アンガスの隣ではカレンがさきほどから黙ったまま、ルチアの方を神妙な眼差しで見ている。明るい栗色の髪の根元が、異国の四週間で黒く伸びてきた。それを彼女のホストブラザーたちが、仲のいい従姉にじゃれつくように「ジャイアント・プディング《巨大プリン》」とからかう。ミニスカートの下には、風邪をひくのを心配したルチアが買い与えた上質のレギンス。

カレンが膨れあがったリュックサックのなかから、大きな箱を取り出して蓋をとると、ルチアに中身を見せる。外側はシープスキン、内側はウールで裏打ちされた、見た目にも柔らかで暖かそうな高級ブーツ。おみやげスティーブに買って貰った、とカレン。それを見て、スティーブときたら、とルチアははっとなった。妻の自分に買い与えた四駆車にしても、４ＷＤクラブ用のお仕着せにしても、こんなふうに自分のものでもないのに、惜しみなく金を使うことがある。まるで、ほかになす術を知らないかのように。

「スティーブ、大好き！」

傍らでカレンがブーツを抱え、子どものように屈託のない笑顔を浮かべた。誰が何と言おうと、これがあの人のやり方なのだと、ルチアも笑顔になった。

「ルチア、大好き！」

カレンがルチアに抱きついた。右手で巨大プリンを撫でながら、また学生を預かってもいいかもしれないとルチアはふと思った。

「カレン、ごめんなさいね。出迎えもできなくて、見送りもできないなんて」

〝うんにゃー《Yeah—Nah》〟、とカレンがオージー・スラング中のスラングで返事するのが、なんだかとても可愛くて、ルチアはクスッと笑った。

「ねえ母さん、カレン、『わたしはび＊ちです』って、自分で言うんだぜ！」

「コラッ！　どうせまた、あなたたちが教えたんでしょう！」

「ちゃんとした英語を教えてやっただけだよ。今回は教えがいがあったな」

「ほかにもイロイロ仕込んであるぜ、カレン、なんか言ってみて」

「〝ヘンタイ《Pervert》〟！」

カレンが兄弟を指さし、そうひとこと口をきいたとたんに、メイソンとアンガスは大爆笑する。サイコー、と息を切らせながらアンガスはカレンを振り返った。いつもなら、褒められたことで勢いをつけて、彼と競うようにして奇声をあげる彼女が、気まずそうな薄笑いを浮かべている。

「カレン？」

不審に思ったメイソンが笑い顔のまま彼女を見た。

「ヘンタイ！」

ハァ？　と兄弟は母親の方に向き直り、カレンがあらたに指さしたものに注目した。

「それ、葬式の花！　墓の花！　死んだ人の花！」

カレンはヘンタイ、ヘンタイ、ヘンタイとつづけた。薄笑いに、矢継ぎ早に奇声が混じりはじめ、若い女性特有の、残酷な高笑いに変わった。

メイソンはしばらくワケがわからないといった様子でカレンを眺めていたが、アンガスの顔からは瞬時に血の気が引いていった。

「死人の花ってなんだよ!?」

「葬式、あの花！」

「人の母親を殺すな！」

アンガスは真っ赤になってカレンに怒鳴りつけると、ドアを乱暴に開けるなり部屋から出て行った。大きな音を立ててドアが閉まった。あっけにとられていたメイソンがルチアを上目遣いに見た。

「あいつ、たしか、小遣いはたいて、この花買いに行ってた」

「高くついたはずよ、だってこんなに豪華だもの」

ルチアは傍らのサイドテーブルの方に目を向けた。根を切られた時点で生き延びる見込みはなく、命取りの大輪で人を愉しませる切り花の使命がそこにあった。昨日あたりから花瓶の水が目に見えて減り、濁ってもきている。不自由な片手で水を替えるわけにいかない。今朝は枕元からの異臭で目が覚めた。暖房がきいた病室では異臭が死臭にかわりつつある。

親子がためらいがちにカレンの方に目を遣ると、彼女は顔面蒼白になって立ち尽くしている。アンガスも、そろそろ、客人からいちいち説明を求められない日常が恋しいことだろう。潮時、とベテランのホストマザーは踏んだ。

「カレン、アンガスを許してやってね。男の子だし、あの子のことだから、母親に花をプレゼントするっていったら、これしか知らないのよ。だから、これは間違っていないのよ。ここでは、母の日に贈る花なの」

ルチアは白菊にふたたび目を遣った。間違いの反対は正解ではない。これは、習慣であり、習慣というのは横暴なものだ。こんな風に人から考えも好みも奪ってしまう。選ぶことも拒むこともできない、ましてや「どうして？」と疑ったり問いかけたりすることなどもってのほかの、「どうしても」そうであるべき社会規範。文化という名の蓋をするだけで、どんな理不尽なことも正解になる。一方、ルチアには、それはひどく馴染みのあることのようにも思えてならなかった。彼女の場合、習慣に従うことで帰属意識に浴することができ、この上なく甘美なきもちにさせられることも事実である。それが何であっても、自分が慣れ親しんだものに愛着を持つのは人として自然なことだ。たとえ他の人にとっては、不自然極まりないことであっても。――結婚後も私がなかなか実家を離れられなかったのは、そこでは何をやっても正解になったからだ。

ルチアはカレンを呼び寄せ、お別れのキスとハグをしながら、メイソンを睨みつけた。

「あなたたちが、悪い言葉を教えたから、しっぺ返しが来ただけの話よ。明日帰るっていうのに、最後にこんなの、カレンがかわいそうじゃないの」

メイソンがむくれ顔になった。

「それはそうだけど、ちょっとはアンガスの身にもなってやれよ？　病人に見舞いの花を持っていって、葬式の花とか言われたら、たまんないぜ？　どんなにあいつが心配しているかわかってやってもいいんじゃないの、あいつ筋金入りのマザコンだから」

長男が母親に以前のように普通に口をきく。これはショック療法のおかげかしらとルチアは長男に向かってうなずき、包帯で膨れあがった片手を見た。同じショック療法でもスティーブとは以前のような関係に戻ることができるとは思えない。潮時かもしれない、と彼女はうつむいた。

「指一本くらいでは死なないわよ」

そう答えたルチアの胸には、ひとりの人間のぬくもりがあった。ヒトの体温は三十七度前後。これだけは、誰も間違わない。だけど、一緒にいる限り、また、おたがい間違い探しを始めるかもしれない。ヒトの体のぬくもりは、感情の温床だ。私たちは感情で決めつけ、感情で恋にも落ちる、感情の動物なのだ。

「ルチア、こんど日本にきてクダサイ」

「そうね、いちど日本に行ってみるのもいいわね。4WDクラブでも、日本のホリデーは大人気。皆が言うには、ショッピングするにも観光するにも最高、どこへ行っても安全できれいなんですってね。サービスも最高だって言うわ。私、海外に行ったことないのよ。パスポートさえ持ったことがない」

そうつぶやきながら、ルチアは十代の頃、イタリアへの「里帰り」旅行に誘われて、言い訳をつけて断ったことを思い出した。旅行から帰って来た兄が「自分の国にやっと帰れたような」気がした、「自分はやはりイタリア人だ」と宣言するのを、一族のなかでただひとり、冷ややかな気持ちで聞いていたことも。

「日本、きれい、いいところです」

カレンが胸を張ってそう返事するのを聞いた瞬間、ルチアの記憶の奥底で、彼女の祖母があるときつぶやいた一言が、閃光のように弾けた。——行ったことのないところには、行ってみるもんだ、そうすりゃ、自分がどこから来たのかわかるもんさ。

母親とカレンの会話にメイソンが割って入った。

「ずっと訊きたかったんだけど、おまえ、ほんとに日本人？　そのババくさい名前、本名？　いままでいろんな日本人がうちにきたけどさ、おまえほど態度でかくて、散らかしまくりで、おバカ丸出しの日本人、おれ、はじめて見たわ」

「これっ、メイソン・パスクアーレ！」

「うんにゃー。キャハハ！」

メイソンとルチアもカレンにつられて笑った。

感情という人間の常日頃の敵が、このときばかりは笑いという大きな味方となった。笑いという小舟に同乗できるのは、常日頃から苦楽をともにした仲。そうして小舟はほかの小舟と落ち合って大きな客船になり、翌朝には、異郷の楽園に帰還するひとりの若い女性を前途洋々の港に導いていった。

＊

パーティー終わった。今から家に帰る。おやすみ

スマホの画面にアンガスからのメッセージが浮かんで消えた。病室の窓から見える夜空は一見黒く見えても実際には群青色。大きな満月のまわりに、小さな星くずがダイヤモンドのように散らばっている。以前預かった日本人学生は月には「ウサギの模様」がついていると言った。ディクソン家が残らず「人の顔」だと

いっても、「ウサギだ」と言ってきかなかった。「人の顔！」「ウサギ！」「人の顔だって！」「ウサギだってば！」と意地を張り合った。ルチアは月を見あげ、思い出し笑いをした。

ノックの音がした。痛み止めの時間。どうぞ、とルチアは上半身を起こしながら返事した。ドアが開く音がして、ピンク色のカーテンの隙間越しに見慣れた人影が見えた。ジャケットを羽織ってネクタイは締めているが、足下はいつもの革靴ではなく、分厚いゴムの靴底がついたガンブーツ。視察に出かけた出張先から直帰してきたらしい。

「今日は、目が覚めているんだな」

寝たふりをする間もなく、ルチアは黙って夫を見つめた。彼女の、面会時間は過ぎているでしょ、との返事が終わらないうちに、アンヤがいいっていうもんだから、とカーテンをくぐってベッドに近づく。スティーブはカレンのお別れパーティーには行けなかったこと、ルチアはカレンがお別れのあいさつにやってきたことを報告する。ルチアは夜空の月に目を遣った。やはり「人の顔」にしか見えない。せめて、どこがウサギの耳なのか教えてくれれば良かったのに。

「なんか匂わないか?」

スティーブが花瓶に目をやった。

「根が腐っているぞ」

花瓶を覗き込んでいたスティーブが指先で花びらに触れると、花心からほどけるようにして一気に散らばった。潮時、とルチアは手元に落ちたそのひとつを指先で弄《いじ》りながら、うつむいた。

「ん? 母の日の花?」

ルチアはうなずいて、同じ花でも国によってはずいぶん違うものだ、と聞こえるか聞こえないかの小声で言った。

「カレンが言うには、日本でも、お葬式とか、墓参りとか、そういう時の花みたい」

日本でも、って? とスティーブが妻を凝視した。うちの実家でも、その花はそういう時の花とルチアが付け加えると、彼の表情はしだいに不審そうにゆがみ、ゆっくりと弛緩して、しまいには惚けたようになった。

「……なんで、今まで言わなかったんだ?」

「だって、ここでは母の日に贈る花でしょ。それに、その花はアンガスがお見舞いにくれたんだもの」

　スティーブは、きみはいつもそうなんだ、きみは人を恥さらしにする天才だ、と声を震わせた。そしてナースを呼ぶと「妻と今から出かける」のひとことで、彫像のように立ち尽くした。スティーブの超然とした様子に、アンヤはルチアを振り返った。朝の七時までに必ず帰ってね、交代の時間だから、と念を押しながら、患者の腕から点滴を外した。ルチアは入院時に着ていた、血がこびりついたままのジーンズに履き替えると、夫のあとを追って病室から消灯後の廊下に出た。


　トラムの後を追うようにメルセデスは走る。ヴィクトリア・ガーデンズ行き。ひと駅向こうで、ボックス・ヒル行きが一対のテールランプを光らせている。数年前までルチアが勤めていた病院がバックミラーのなかで遠ざかっていく。

　ここから碁盤の目に区切られた市街に入れば、スワンストン大通りという背骨を中心として、北の大学街に頭蓋が置かれ、鎖骨がわりのラトローブ通りがフィッツロイとフラッグスタッフの両庭園を両肩にのせてバランスをとっている。背骨は下るにつれて坂道になり、つきあたりのクリケット・グラウンド型の骨盤のあたりには、蜜壷のような劇場や盛り場。これより先、享楽の蜜は昼間でも薄暗い裏道でじわじわと粘ついたあと、セント・キルダの歓楽街にむけて溢れ出す。この街はこんなにも男性的だとルチアは思う。

車窓から、さきほど病室から見た満月が彼女を追ってくる。地球をすみずみまで照らすその青白い光は、ルチアにこう問いかける。「もしも、ノンノがこの国ではなく、アルゼンチンやチリに渡っていたら？」——だとしたら、私が、この街で生まれることはなかった。いいえ、私が生まれることはなかった。

スティーブは車を右折させた。暗い緑が見えてくる。その広大な森の向こうに大聖堂が、昼間よりも棟の先端を尖らせ、目前の公園よりも濃い影となって迫りくる。木製のベンチは街灯の明かりの指定席となり、噴水や石造りのコテージ、迷路のような遊歩道を凝らした芝生の庭園は、真冬の深夜、車窓越しにそこを通り過ぎる彼と彼女のためにだけにあった。ここで彼女と知り合った、緑色の目をした、イタリア娘と。彼女の前でならどんな恥をさらしても構わない、そう信じさせてくれるような女だった。

冬の雨が降り出し、メルセデスを路肩に停めた。スティーブは車の外に出ると、店のシャッターを片手で叩く。雨脚が強くなった。

「いったいなにをしているの!?」

スティーブの背後でルチアが叫ぶのと同時にシャッターが上がった。店舗はそこだけ額縁のなかの絵画のように輝き、昼間よりも色鮮やかだった。薄い頭髪を片手で撫でつけながら、中年男性が不意の客を彼の花畑に招き入れた。その顔は無愛想なのか無表情なのか判断がつきかねた。うちの親父みたいだな、とスティーブは思った。

「いらっしゃい」

店主の背後から、寝間着姿の老婆が出てきた。たがいに同じ容貌と雰囲気を分かち合っているところを見ると、どうやら血も分かち合っているらしい。老婆は息子をおしのけ、スティーブとルチアに、年に一回か二回、こんなことがある、と笑顔になった。ノンナみたい、とルチアは思った。

「どれにする?」

スティーブにそう言われて、ルチアは顔をあげた。

「あなた、このためにわざわざ」

ルチアが言い終えないうちに、好きなのを選べ、とスティーブは腕を組んでその場に仁王立ちになった。店一杯にとりどりに咲く花を眺めたあと、どれもきれいね、あなたはどれがいい？　とルチアが振り返ったとたん、スティーブがうちひしがれた様子になった。

「おれは、花はまるでわからない」

夫のそのような様子を見るのはこれが二度目で、ルチアには一度目よりも大きな衝撃だった。私もわからないわ、だからあなたに訊いているの、と彼女は小さく頭を振った。

「マダムにはこれなんかいかがで？」

店主はルチアに手招きすると、ガラスケースのなかに手を突っ込んで、純白の花を出して見せた。

「一輪でも様になります。この花は、この顔の形でどこからでも見分けがつきますからな。こんな感じで、半ダースくらいいかがで？　ほれ、豪華でしょうが」

「墓に供える花じゃないだろうな？」

スティーブが静かな怒声で訊いた。老婆が小さく笑う。

「墓の下にいる人が喜ぶのなら、何の花でもぞんぶんに供えたらいい」

ルチアは店主のすすめに従って花を包ませた。老婆は皮膚のたるんだ褐色の手で力強く六本の茎を掴むと、大きなハサミで長さをととのえた。黄緑の茎が切り落とされるたびに、ルチアはそれが自分の指のように見えた。「自宅用」と伝えると、贈答用のセロファンとリボンのかわりに新聞紙が拡げられた。その表面には、ふたりの客には暗号同然の文字が並ぶ。花瓶の水に砂糖をひとさじ入れておくと花が長持ちする、味気ないのはだめ、と老婆が口にする。スティーブが支払いを終えると、花屋の親子は満面の笑みで礼を言った。夫婦が店の外に出るなり、彼らの背後で店頭のシャッターが下りた。

「……商売人の手本だな、まあったく」

「たくましいわ」

雨音に短い会話はかきけされた。水煙に溶けた男女の声は音を失っても、雨のリズムにまかせて旋律は続く。ルチアは風雨から花をかばうようにして立っていた。スティーブは妻の全身がしだいに濡れそぼっていくのを見つめた。

命を限られた者同士が寄り添い、生き生きしていることの不思議。彼は吐息をついた。

「うちのノンノは裏庭にハーブと野菜しか植えなかったわ。それと、レモンの木にリンゴの木。食べられるものばっかりね」

夫にそう話しかけながら、ルチアは子どものころよく兄と遊んだ、実家の裏庭にある菜園を思い浮かべた。外の世界と切り離された祖父の自慢の場所では、トマトの実が赤々となっていた。祖父の世代は空腹を満たすことで精一杯で、花を植える余裕はなかった。だから、あの赤い実を見るたび、生きるとはそういうことだと思っていた。しかし今、目前の花が彼女の視界を埋めると同時に頭上に浮かぶ「人の顔」から雨雲がはがれ落ち、それがたちまち「ウサギ」に変わるのを彼女は見た。

湿気を吸った冷気に凍えそうになった二人は車に戻った。エンジンをかけようとした瞬間、大粒の水滴がフロント・ガラスに落ちたかと思うと、またたくまに嵐になった。スティーブはハンドルから手を離すと、暗闇の密室で白く浮かび上がるルチアの片手に視線を移した。

「それ、見せてくれ」

ルチアが片手を差し出すと、スティーブはしばらくそれに見入ってから、包帯を外し始めた。現れた親指は腫れ上がり、根元でぐるりと縫い付けられて、そこが薬品でまだらに染まっていた。

「いかにもきみのやりそうなことだ」

スティーブが傷口に唇を近づけた。白状しろ、きみが本当に愛しているのは、トマトソースと神だけだと彼はうなだれた。そうかもしれない、だけど、トマトソースはあなたから隠せても、神だけは隠せないわとルチアは答えた。

「あなた、健康診断と涙はオージー男性には禁物よ」

その二つのタブーについては、この国の中年男性が「男らしくない」として最も敬遠することだと、ナース仲間のあいだでは知れ渡っている。スティーブは、おれはオージーではない、きみみたいにトマトソースも神もない、隠すものさえない、と声を震わせた。それは「男の子は泣かない《ボーイズ・ドント・クライ》」と言われて育つ、オーストラリア人男性、移民の子孫そのものの泣き方だった。

「だけど、これでもおれはオージーのつもりなんだ」

苦しい息がルチアの首筋に重ねられていく。

「ちなみに、連れ合いのイタリア娘もオージーのつもりでいるんだ」

そうね、と夫のつぶやきにあいづちを打ちながら、もしもこの国が沈没するようなことになっても、自分はここから立ち去らないだろうと彼女は思った。――命知らずなのは、自分が何者だか知らない人間だ。だからこそ、あかの他人を自分自身のことのように愛したり憎むこともできる。そんな人間は、死んだあとになってようやく、何者かになることができるのだ。ルチアは目を瞬かせながら、傍らの白百合を見た。

「もし、私があなたより先に死んだら、この花を私のお墓に飾ってくれない？」

「……いいさ。誰がなんと言おうと、その花を飾ってやるよ」

スティーブがふと顔をあげて、どうしてこの花なんだ？　トマトの花の方がいいんじゃないか？　おれは気にしないぜ？　といたずら少年のように訊いた。

「何の花だっていいわ、あなただけに、私のお墓だって一目でわかればそれでいいの」

ルチアは怒ったように口をとがらせ、泣き笑いした。

2019年

チェックイン・カウンターで男性が怒鳴っている。その数歩後ろには、彼の肩までくらいの背丈の女性。彼女の困り切った表情から、夫の悪癖に辟易している妻にも、なだめにかかろうとしている友人にも、また、そのような乗客にあきれかえっているあかの他人のようにも見える。

「確かに予約したぞ！　しかも、別料金を払って、ビジネス・クラスにアップグレードしたんだ！」

もういいじゃないの、とルチア・ディクソンは夫の怒鳴り声をあきらめの心境で聞いていたが、内心、これは困ったことになったと思案した。

「申し訳ございません。いま手配をしております」

係員の無表情と機械的な受け答えにいらだったスティーブが、さらに大声を出す。

「子連れの旅行だとわかってただろう?!」

赤ん坊の泣き声があがったとたん、彼は口を閉じた。ルチアと目が合うと、スティーブは彼女のところへやってきて、その腕から火の付いたように泣き始めた赤ん坊を抱き取った。

「すまん、ジェイド」

スティーブはしばらくその場で赤ん坊をあやしていたが、再びアナウンスで呼び出されると、娘を腕に抱いたまま、カウンターに戻っていった。

「母さん、そんなに大騒ぎすることなの?」

アンガスがスマホから顔をあげないで母親を呼び止めた。

「バシネット《ベビーベッド》なしにどうやって機内で十時間も過ごせというの?」

そう答えながら、これが息子たちのときだったら、スティーブもこんなに大騒ぎしただろうかとルチアは夫の後ろ姿を見た。4WDクラブでも耳にしていたが、男親というのは、娘となると、ここまで見境がつかないものなのかとも首を傾げる。

日本から結婚式の招待状が届いたのは、先月のこと。差出人は、以前ディクソン家にホームステイしていた日本人留学生カレン・ヤマシタ。招待状の一番下には、「私は妊娠四か月です」。

「ね、本当にあのドレスでよかったと思う？　カレンはキモノを着るって言ってたわよね？　シュライン《神社》で結婚式って、いったいどんなのかしら？」

えー、べつになんでもいいんじゃないのー、とアンガスはスマホの画面から目を離そうとしない。ルチアは彼女の元にもどってきたスティーブの腕から、やっと首が据わった生後四ヶ月の娘を抱き上げた。

「バシネットが手配できた。席もバシネットが取り付けられる一番前にしてもらった」

ルチアは夫に向かってほっとした顔になった。この人はこんなふうだけれど、最後には必ず帳尻を合わせてくる。スティーブはベンチでガールフレンドと絡まり合っている長男に目を留めた。

「メイソンのやつ、ついにゾーイを家族旅行にまで連れてきたか」

「いいじゃないの、楽しそうで。別の大学に行ったから、続かないかと思ったけれど、ますます仲良くやっているじゃない。ジェイドだって、いつか、あんなふうにボーイフレンドと旅行に出かけるわ」

おいっ、やめてくれよ！　とスティーブは声を荒らげた。そして、妻の出身校の名を上げ、願書を請求したかどうか彼女に確かめる。

「洗礼証明書を添付してくださいって、書いてあったわ」

「無宗教でも受け入れるんじゃないのか？」

「あそこはバリバリのカトリック校なの、あなた知ってるでしょ？　代父か代母がいて、所属の教区と身元がはっきりした、カトリックの洗礼を受けている子どもが最優先。学校行事や祭日も普通のカレンダーとはズレているし、最低でもイースターとアドベントには、親の参加と協力が求められるの。メイソンやアンガスの学校みたいに、寄付金を納めればなんとかなるってもんじゃないわ」

どうしても女子校っていうなら、無宗教の女子校を探せばいいじゃない、他にもたくさんあるわよとルチアはジェイドを抱っこ紐に戻しながら、ぶつぶつこぼす。スティーブは両腕を組み、絶対に意志をかえない合図として、いつものようにルチアの前で仁王立ちになった。

「いくら女子校に入れて、清く正しい教育を受けさせても、ボーイフレンドのひとりやふたり、作ろうと思えば、フェンスの向こうに手を伸ばしてでも作れるわよ。私だって、まだあそこの生徒だったわ、あなたとつきあいはじめたとき。あなたの方からアスカウトしてきたのよ？」

ああ、やめてくれ、いまからボーイフレンドだなんてと、スティーブはしゅんと肩をすくめ、娘の頭をそっと撫でた。生まれたときは兄のアンガスと同じ金髪だったが、最近では濃い褐色にかわりつつある。

スティーブは立ち上がると、売店の方へ消えて行った。ルチアは思いがけず恵まれた娘の、父親のものでも、母親のものでもない色目の髪に指を滑らせその小さな額にキスをした。そうしてルチアが顔をあげるとスティーブが蓋付きの紙コップを差し出している。ルチアはそれを受け取った。砂糖の入った紅茶。つわりでコーヒーの匂いがダメになって以来、お茶を一杯といえばこの一杯である。スティーブは、それよりひとまわり小さい紙コップで一口ごくりとやった。この歳で赤ん坊の夜泣きにつきあわされ、今ではメルボニアンらしく濃いエスプレッソでないと目が覚めないと言う。

「こんなチビスケにもパスポートがいるんだよな」

ルチアと並んでベンチに腰かけながら、スティーブは思いついたように、ジャケットの内ポケットから娘のパスポートを出した。

「そのうち、そんなもの必要なくなるんじゃない？　すでに前世紀の因襲だわ」

ルチアが横から覗き込む。パスポートの表紙にカンガルーとエミューだなんて、バカげていない？　と彼女はいとも可笑しそうに笑った。

「これしかないのか、この国は？」

スティーブも妻につられて笑う。ぱらぱらとなかのページをめくると、タスマニアン・デビルが牙をむいている透かし絵のあとに、ユーカリの葉が揺れ、ビーチに向かってサーフボードを抱えた水着姿の人たちが走り出したかと思うと、クロコダイルが川辺で大口を開けているところにとつぜん、鉄の風車と水のタンクが現れる。競馬にカモノハシ、羊の群れを追い立てる農場主、クリケットの試合、セミトレーラーと砂煙、そして最後の方のページは、とどめのコアラとスキューバダイビング。そのほとんどが、二人は実際に目にしたことのない、しかしなじみのある光景である。

「歴史がないっていうのは、悲しいものだな。そのかわり、何でもアリなのはいいが、こりゃ、まるでちゃらちゃらの、観光のパンフレットじゃないか」

「観光っていうより、動物園の案内じゃない？　ね、ハリモグラってポッサムに似ていない？」

「なんだ、エリマキトカゲか？　パスポートに、ワニだのトカゲだのをカラーでとことん印刷するかわりに、もう少しコストを抑えて、申請料金を下げればいいのに」

スティーブが顔をひきつらせたまま笑い声をあげる。でも、ぜんぶ、なんだか懐かしいわ、とルチアもクスクス笑う。それもそうだな、と裏表紙にエンボス印刷されたアボリジニ・アートの上に指を這わせながら、彼も笑った。

「それよりも、シントー《神式》の結婚式なんて、私たちが参加しても大丈夫なのかしら？」

「大丈夫だろう、招待状をわざわざ送ってきたんだ。それに、あのカレンがいちいちそんなことを気にするタイプか？」

「本人はああでも、結婚って家と家のつながりなのよ？　うちだって、どれだけもめたか、あなた忘れたの？」

妻の言葉にスティーブは、そうだよな、とひとこと漏らして黙り込む。インターネットで見た、「神社」の画像が彼の脳裏に甦る。あんな古めかしい木造の小屋で、結婚式なんてできるのだろうかというのが彼の第一印象だった。

「お食事はなにが出るのかしら？　私、魚介類は好物でも、チョップスティック《お箸》を使うのはやっぱり苦手なのよ。日本語はまるでダメだし」

「チョップスティック？　それで、あんなに練習してたのか。食事が口にあわないなら、残したって構わないだろう。日本語なら、アンガスが学校で習っているんだから、あいつに通訳させればいい。カレンだって英語を話せる。ちょっとした不作法くらい目をつぶってもらえるさ」

「だめよ、結婚式なのよ！　カレンにとっては、人生でたった一度の晴れの日なんだから、完璧でなきゃ！」

スティーブは妻のその言葉を聞くと、そのとき初めて、結婚式をやらなかったことを後悔した。馬小屋茶のほかは、なんとかなるさ、そう彼が苦笑いをもらすと、ルチアもつられて笑った。

「まあ、招かれようが招かれざる客だろうが、そこにいるのがゲストの仕事だろ」

「……そうかもね」

ルチアは彼女の腕の中でうとうとしだした赤ん坊をうっとりと眺め、よかったわね、ジェイド、もうすぐ飛行機でねんねして、目が覚めたら日本よ、とてもきれいな国なんですって、と笑いかけた。こんなにうきうきしている彼女の顔を見るのは初めてだと少し驚いて、母親を知らない男は、彼が理想とした女の横顔を見つめた。そして、あちらは雪だそうだ、さぞ寒いに違いないと自分に確かめるように小言で言うと、手荷物のバッグからのぞいていた赤ん坊の上着に目をやった。

「やっぱり、ジェイドはきみの母校に入れる」

「どうしても?」

「娘に清く正しい教育を受けさせて、何が悪い?」

彼を見上げたルチアにむかって、パスクアーレ兄さんに代父を頼む、とスティーブは小さく笑う。たがいの顔に、このうえなく美しいあきらめの表情が浮かんだ。アナウンスがロビーに響いた。

東京・羽田行き××便にご搭乗のミスター・スティーブ・J・ディクソン、恐れ入りますが、いま一度、チェックイン・カウンターまでお越し下さい。

　クソッ、とスティーブは舌打ちした。いやぁね、スティーヴィー坊や、とルチアがからかう。彼女は上着のポケットに片手を突っ込んで、祖母の「旅のお守り」に触れた。指先で数珠をひとつひとつ繰りながら、滑走路を行く飛行機の尾翼を目で追った。メダルで手を止める。すると、何万ものマリアのなかの、たった一人のマリアが彼女に呼びかける。行ってみたことのないところには行ってみるもんさ、人は一度は鳥になるもんさ、と。母親の腕で眠りかかっていた赤ん坊がぱっと目を開けて父親を見た。朝ごと、夜ごと、この紺碧の楽園に出くわすたびに、彼は息を呑む。――この子はどこから来たのだろう。いまだに、自分がこの子の父親だなんて信じられない。しかし、マリアあってのジョセフだ。
　おれのコアラ娘、とスティーブは小声で赤ん坊にささやく。よく見てろ、ここはケンカ早い、血の気の多い、ヘッドレス・チキン《脳なし》のカンガルー男ばっかりだ。

「おれみたいに出所のわからない、下品なカンガルーにひっかかるんじゃないぞ」

スティーブは娘の鼻の先に指先でちょんと触れて、カウンターに足をむける。

「機内に入ったらウィスキーをのんで、すぐ寝てやる」

ふりかえりざま、夫はそう妻に耳打ちすると、彼女の額に軽く唇をつけた。

参考文献

British Migrants Instant Australians ?
Immigration Museum 25November 2017-15April 2018. By Museums Victoria Publishing Museum Victoria 2017

Per L’Australia: The Story of Italian Migration
By Julia Church, THE MIEGUNYAH PRESS , An imprint of Melbourne University Publishing Limited 2005

引用文献

新約聖書　フランシスコ会聖書研究所 中央出版社

装幀　坂川朱音
装画　民野宏之

岩城けい（いわき・けい）
大阪生まれ。『さようなら、オレンジ』で二〇一三年、第29回太宰治賞を受賞しデビュー。同作で、第8回大江健三郎賞受賞。二〇一五年に刊行された『Masato』で、第32回坪田譲治文学賞受賞。『Masato』の続編『Matt』、『ジャパン・トリップ』がある。

サンクチュアリ

二〇二〇年十一月三十日　初版第一刷発行

著　者　岩城けい
発行者　喜入冬子
発行所　株式会社筑摩書房
東京都台東区蔵前二―五―三　〒一一一―八七五五
電話番号　〇三―五六八七―二六〇一（代表）
印　刷
製　本　中央精版印刷株式会社

ISBN978-4-480-80498-3 C0093